NF文庫
ノンフィクション

「イエスかノーか」を撮った男

この一枚が帝国を熱狂させた

石井幸之助

JN149470

潮書房光人新社

本書は、カメラマンとして太平洋戦争に従軍した報道班員の手記となります。

昭和十七年二月十五日、英軍司令官パーシバル中将と南方派遣二十五軍司令官山下奉文中将の会談が行なわれ、山下中将はパーシバル中将に対し「貴官は全面的降伏に対し、イエスかノーかの返事をすればよろしい」と迫りました。

その歴史的会談に立ち会い、フイルムに収めた著者が貴重な体験を綴ります。

昭和7年、東京新聞の前身である都新聞写真部に入社。16年、陸軍報道班員として徴用を受けマレー・シンガポール戦線では英軍の降伏交渉の場に臨む。写真は南方の任地における著者。

△昭和22年、新年の炭鉱取材で北海道をおとずれた著者。
◁昭和51年4月、三木武夫総理大臣より左3人目が著者。

「イエスかノーか」を撮った男――目次

第三章　敵前渡過

第四章　白旗の会見

第二部　〝古い手帖〟……163

写真提供＊雑誌「丸」編集部・戸塚岩夫・著者

「イエスかノーか」を撮った男

――この一枚が帝国を熱狂させた

第一部　〝イエスかノーか〟

――若き報道班員のマレー戦記

マレー半島略図
0 20 40 60 80 100km
軍貨車コース
栗原小隊進行路
シンゴラ
ハジャイ
タペー
パタニー
サダオ
タイ
パタニー河
ジットラ
コタバル
アロルスター
ケダー
コンケダー
スンゲイパタニー
クロー
クアラクライ
ペラク
グリク
ペナン島
トレンガヌ
ケランタン
タイピン
クラカンサル
イポー
カンバル
クアラリプス
テロクアンソン
シエランツト
スリムリバー
トロラク
クアンタン
パハン
タンジョンマリム
パハン河
セランゴール
クアラセランゴール
クアラルンプール
ポートスエッテンハム
ネグリ
マラッカ海峡
エンダウ
ゲマス
パツアナム
シエンマルアン
ポートディクソン
マラッカ
スマトラ
クルアン
コタチンギ
ムアール
アエルヒタム
バト・パハト
ジョホール
ジョホール・バルウ
ポンジアンプサル
シンガポール

序章　開戦前後

昭和十六年（一九四一年）十二月二日、私たち徴用員を乗せた一万トンの貨客船アフリカ丸は、大阪湾を出航、瀬戸内を抜けて東支那海を南下し、十二月八日払暁、台湾海峡に入る。

どこへ連れて行かれるのやら、巡航速度五〜八ノットの鈍足で、もう一週間の波まくらだ。

貨客船といっても、船内は兵員輸送用の通称かいこ棚が居住空間だ。立てば頭のつかえるかいこ棚に、ぎっしり詰め込まれた私たちは、「起床」「点呼」、夜は灯火管制の毎日に無聊《ぶりょう》、退屈を強いられ、不満、憤懣のるつぼとなっていた。

ここで言う私たちとは、初めて見る徴用令状で招集されて来た文士、画家、新聞記者、雑誌編集者、カメラマンたちである。

作家の中には、井伏鱒二、海音寺潮五郎、寺崎浩、小栗虫太郎、中村地平、里村欣三、堺誠一郎。となりの班（ビルマ〈現ミャンマー〉行）に高見順、小田嶽夫の諸氏の顔も見られた。

「我が軍は西南太平洋において、交戦状態に入れり」

ハワイ奇襲の報をラジオ・ニュースで聞いた十二月八日の、その朝。

輸送指揮官の栗田陸軍中佐は、甲板上に集合整列をかけて、私たちに日米開戦を知らせる。

階級章と軍人精神だけで生きる退役の老中佐は、自分の勇猛さが真珠湾攻撃の成功をもたらしたものと錯覚して、意気軒昂だ。

鼻下の八字ひげをひねって軍人勅諭を読みバンザイ三唱、東方に皇居遙拝をうながす。「戦争はいやだ」と叫んでも、そこは中国大陸の沿岸で、海に飛び込めばフカの餌食になること必至である。

ついに来るべきものが来た。われらが運命やいかに――さすがの野人、自由人たちもいささか粛然、肩を落として頭を垂れる。

右舷西方から突然、飛行機の爆音が伝わって来る。

敵？　味方？　雲間から姿を現わした一機は、海面を這うように降下して来て、アフリカ丸のマストをかすめて上空を航過する。

迷彩の胴体に日の丸をつけている。海軍機だ。

哨戒・索敵が任務だろう、一航過した海軍機は、機首を転じてアフリカ丸周辺の上空を一回、二回、三回と旋回を繰り返したあと、翼を振ってふたたび西方、大陸沿岸方面に向かって姿を点にして行く。

非常時局下、黒い予感は東京を出るときから抱いて来た。しかし、早々に煽《あお》られた開戦気分に、私のからだは小刻みにふるえた。

英領香港を眼の前にする戦闘海域に、武装なし丸裸のアフリカ丸は、ピッチを上げて最寄りの海南島、三亜の港へ逃げ込む。

初めて見る椰子の木の茂る島は、戦争とはまったく無縁の表情で、平和な眺めだった。上陸を許されない船内のかいこ棚では、心がけのいいのが携えて来た花札を囲んで、車座があちこちにできる。

その趣味のないグループは、時間つぶしの俳句大会に、五・七・五をひねってあぶら汗をかく。そろそろ南方呆けのはじまった脳ミソで、句作に唸《うな》っているだけの俳人多数である。

最高に心がけのよかったのは井伏鱒二老。徴用令状の指示に従って、携帯して来た軍刀――といっても短い脇差しだった――と一緒に束ねて来た釣り竿をとり出し、一万トンの舷側からひとり糸を垂れていた。

海は濃青。そういっては申し訳ないが、輸送船アフリカ丸の船中で、フラストレーションのなかったのは、この飄々《ひょうひょう》たる太公望だけだったかも知れない。

「あのとき、なにが釣れたんですか」

戦後も年を重ねたある日、少しいたずら気分で、三亜港の釣果をお質《たず》ねすると、

「アジです。アジが釣れました。だけど、食べてもうまかなかった」

当時を思い出しながら、井伏さんはハニかんだような特有の笑顔を浮かべて、答えてくれた。

さて、開戦の報に緊張はしたが、私たちが遭遇したのは友軍の海軍機一機だけで、まだまだ実戦気分にはほど遠い感覚の朝夕、と言われても仕方なかったろう。

しかし、その海軍機の大編隊は、十二月九日、十日のそのころ、マレー半島西海岸クワンタン沖に、英極東艦隊の主力、最新鋭戦艦のプリンス・オブ・ウェールズ（三万七千トン）と巡洋戦艦レパルス（三万二千トン）を襲い、撃沈していた。

余談になるが、イギリスの歴史学者ジェームズ・リーサーは、その著『世界史を変えた戦闘・シンガポール』（向後英一訳・昭和四十四年、早川書房刊）に記した。

『日本の飛行機は、英駆逐艦の救助作業するのを妨げなかっただけでなく、次のような電信号を送って来た。

「われわれの任務は完了した。救助作業を継続されよ」』

そしてまた、

『二隻の軍艦が沈没した翌十一日、日本機一機が飛来（注、現場海域）して、花束を投下して行った』と。

長文の交戦の模様の詳細はさておいて、数行のその項が私の胸を衝《つ》いた。

英極東艦隊主力の潰滅に、私たちの船アフリカ丸は、ふたたび海南島三亜港を抜錨し、南支那海を南下する。

灯火管制の甲板に出ると、水平線上に低く現われた南十字星が、あるときは船首の真正面に傾き、あるときは船尾に輝き、またあるときは舷側に瞬《またた》いている、と言ったふうに船は舵行航進を繰り返しながら、着いたのは仏領インド支那半島（現ベトナム）サイゴン市の入口、サン・ジャック岬だった。

大損傷をうけて左舷側に大きく傾いた沈没直前のプリンス・オブ・ウェールズ。乗員救助のため右舷に接近した駆逐艦エキスプレスから撮影する。

輸送船アフリカ丸の苦行は、ここで錨を降ろすことになるが、私たちが正式にマレー・シンガポール派遣軍配属を言い渡されたのは、南方総軍司令部の置かれていたサイゴンに着到してからである。

ビルマ派遣軍付となった高見順氏らの乙班とは、ここで別行動となり、私たちの甲班は、新たに浅香山丸（一万トンの新造船）に乗り移って、マレー半島のつけ根シンゴラ（タイ領）に上陸し、英防衛軍の地上部隊を撃破して進攻する、山下兵団本部をイポーに追尾する。

東京を出発してから一ヵ月余。暦は昭和十七年（一九四二年）一月になっていた。

新年を祝って配給を受けたのは、内地から運んで来たリンゴ一個。故国の味、ありがたく食べよ、とお布令《ふれ》がついていた。

〝聖戦〟を信じて疑わなかった軍国青年石井は、マレー半島第一の都会クアラルンプールから、志望して六人の報道小隊・栗原隊に参加し、マレー半島縦断敵中サイクリングに出発をするのである。

非戦闘員ながら、耳もとに風をきる防暑帽の音だけは、銀輪部隊の兵隊さんたちと同じはずだ。どんな被写体が待っていてくれるのか、未知への挑戦に、我武者羅《がむしゃら》カメラマンの心は幼く弾んで、勇ましかった。

第一章　初砲火

割りきれない疑問

目をさますと、顔を洗うひまもなく出発して来たのだが、ながくつづいた軍用トラックの列は、少し前進したかと思うと止まり、また少し前進したかと思うと、すぐにまた止まってしまう。

まだなれない熱帯の直射日光を、じかに頭の上から浴びた私たち六人の報道班員は、何をするのも大儀な気持ちで、トラックの上にそれぞれのびていた。

きょうはマレー半島中部、第一の都会といわれるクアラルンプール市に入る予定なのだが、このようすではいつになるのか見当もつかない。

時計の針は、もうとっくに正午を回っているというのに、飯を炊くほど時間の余裕もないので、私たちは乾麺麭《かんめんぽう》を二、三個口の中に放りこんだまま、空腹をごまかしている状態だった。

わずかな距離に迫ったクアラルンプール市上空に、友軍の飛行機が二機、高らかに爆音をととのえて旋回しているのが、私たちのいるそこからも、ハッキリと眺めることができた。

市街の中央と思える辺りからは、幾筋もの黒煙が青い空に高く噴き上がっている。その下では歩兵部隊が、残敵を追って掃蕩戦を展開しているはずだった。さっきわれわれを超越前進して行った自転車隊の兵隊たちも、そろそろ市街南部の英軍と衝突するころと思われた。

私たち報道班のものは、まだ突入の命令がないので、クアラルンプール市の北にある小さな村落にトラックを止めたまま、市内の完全占領を待ち、熱暑に耐えていたのである。

私たちは水が飲みたくなったのと、退屈に負けたのとで、インド人のこどもがひとり、恐れる気配もみせず、もの珍しそうに現われたのを幸いに、身ぶり手まねよろしく水を所望した。ついでにパパイアやバナナもあったら欲しいことを告げる。すると彼は、私を手招きして自分たちのカンポンに案内するのであった。

少年のうしろについて林の中を行くと、私たちの姿を見つけた彼の弟らしいのや、仲間らしいこどもたちがひとりふえ、ふたりふえして、いつの間にやら村落全体のインド人が出て来た。

彼らは最初、おずおずと愛想笑《あいそ》いをみせていたが、私が水を欲しがっていることを少年から聞くと、安心したらしく、にわかに好意の表情で、サルのように身軽くヤシの木のてっぺんに登り、いくつもいくつものヤシの実を、まるで爆弾でも落とすように、得意の顔つきで地面に投げつけた。

少年はパパイアとバナナをもいできてくれたが、バナナの青いのは渋くて、そのままではどうにも処置なしだった。

小さな女の子ふたりを連れた母親らしいインド人の女性が、コーヒーを沸かして来て、「どうぞ」と差し出してくれた。

いい香りだった。東京では洒落《しゃれ》者だった報道班の仲間たちだが「ほんもののコーヒー」とばかり、日本人らしい遠慮も忘れてとびつき、熱いコーヒーに汗を流しながら、フウフウと吹いて飲み、「うまい」とか、「内地の連中に飲ませてやりてえなあ」などと勝手なことを言っていた。

私もコーヒー茶碗を片手に、皮膚の色は異なっても、インド女性の持つ気品の高い美しさは最高などと、余計なことに感心したりしながら、ミルクの入った香りの高いコーヒーのまろみを、ひと口ずつ舌の上に味わいながら飲み干す。渇きと空きっ腹から解放されて、ここが戦場であることも忘れ、だれもみんな幸福な表情になっていた。

午後二時、前進命令が逓伝されてくる。市街に入り、宿舎の割り当ても決まると、私は落ち着いてはいられず、報道小隊の若い少尉から許可をもらって単身、自転車を走らせ、占領直後の市街の状況を撮影に回る。

英軍主力は昨夜（昭和十七年一月十一日）のうちに、ほとんど無抵抗のまま退却、と聞いていたが、橋という橋の全部は破壊してあって通行不能だった。中央停車場は、まだ猛烈な火煙につつまれていた。けさ方、トラックの上から眺めた煙がこれだろう。

しかし、州庁とその付近のオレンジ色に塗った建物は、少しも戦火のあとをみせず、静まり返った辺りの空気の中に、眩しいほどの明るさで聳《そび》え立っていた。

私は二、三日前、タンジョンマリムの宿舎で起こった地雷爆発の恐ろしさを思い出し、道路の地肌が新しい色をしていたり、舗道の上に石ころがふたつ三つ重なり合っていたりするたびに、自転車から下りて、怖《おそ》る怖るそれを避けて歩く。

足もとの不安は、薄氷を踏む思いなどというより、はるかに気味の悪いものである。人影ひとつなかったので、その臆病な格好を見られずにすんだのは幸いだった。

その夜は後発隊が到着すると、ビールの栓を抜き、ウイスキーの盃を干し、鶏のケチャップ煮を皿に盛って、豪勢な会食の宴が催された。それらの全部は、私たちが〝チャーチル給与〟と呼んだ英軍の残留物資だ。

内地を出てから一ヵ月あまり、久しぶりのアルコールの匂いに、左ききの連中もたちまち顔を赤くして、酒呑童子一堂に会する有様となる。

みんな、今日これまでの無事を祝福し、あすの命に関しては考えたくない、そんな心のあらわれというのだろう。

熱をこめて大東亜戦争の意義と将来を語るもの、形どおり高歌放吟するもの、自分たちの使命の重さを説くものもあり、中にはろれつもまわらない舌で、意味不明のことを怒鳴り出すものもいた。

私はもしかすると、イポーの軍司令部出発以来、自分が一段高い安全な場所から、戦場の兵士たちを覗いて来た、そんな割りきれない疑問を、この人たちの冗舌が解いてくれるかも知れない、と仲間たちの話題に耳を傾けていた。

だが、兵隊の苦労を知ろうともしない、その人たちの多くは、自分の社会人時代の優位をふりまわし、また虚勢のポーズで、オレがオレが、と好き勝手に贅沢《ぜいたく》なことを言い合っているだけだった。

輸送船の上で、指揮官栗田中佐のヒゲのちりを払って、甘い汁を吸っていた連中である。

私はいつか、その場の空気に息苦しい不快を感じはじめ、席をはずして立った。その不快は、かならずしも不得手な酒を口にしたせい、ばかりではなかった気がする。

支那事変がはじまると、各新聞社の先輩やライバル・カメラマンたちは、ぞくぞくと海を渡り、大陸の戦線に特派員となって出て行った。

私の職場の先輩もバンザイの歓声に送られて、北支や中支に出て行ったのはもちろんだが、S先輩などは東京を出発するときから、腰に拳銃を下げていた。が、これはハッタリというやつだろう。

先輩たちを送り出したあと、いつの日か新米の私にもそんな機会が訪れるものと、身のまわりの仕度と心の用意とをととのえるようになっていった。

私は自分の番を待った。しかし、上海、南京が落ち、徐州会戦が終わり、漢口攻略戦も片づいた。南京政府の誕生、仏印への平和進駐など、時局は意外な動きを示していったが、新聞社からの特派命令は下りて来なかった。

そして昭和十六年十一月、私は初めて見る徴用令状で輸送船に乗せられ、マレー派遣軍の報道班員として、このクアラルンプールに戦線を追尾して来たのである。

このときようやく私は、海軍で南方海域に戦う兄の昇、そして満蒙国境の戦車隊にいる弟禄三郎に顔むけができる——そんなことを喜んでいた。

戦場の写真

昭和十七年一月八日、はじめて軍司令部から写真機が渡され、鯉部隊（広島の第五師団）への配属命令を受けてイポーを出発する。

カメラは前ブタを開けると、パチンとレンズがとび出してくる蛇腹式のスプリング・カメラ。テッサーF二・八付で、セミ・ブローニー十六枚撮り、ドイツ製のバルダックセッテ。スナップの速写性に難点はあるが、堅牢頑固なところは、戦場に向いていたかも知れない。ただし、貧弱な模造皮革の速写ケースはいただけない代物だった。

イポーからクアラルンプールまでの百数十キロを、私たち報道小隊や新聞社特派員を乗せたトラックは、まだなまなましく残っている激戦のあとを、道路の両側にかき分けて走って来たが、その中間のトロラク集落では、数えきれないほど大勢のインド兵や豪州兵を路上に見る。

彼らは連敗につぐ連敗に戦意を喪失し、投降してきた俘虜だった。そしてスリム・リバーからスリムの集落一帯の川や溝やゴム園の中には、英軍の遺棄死体が、まだ息のある姿で転がっていた。また友軍の戦車砲に撃ち抜かれ、転覆した装甲車のマドからは、例の浅い鉄帽をかぶった英兵が、まっ黒になってのぞいていた。

「日本の兵隊は強いんだなあ」と、私はその戦果に目をみはって、いまさら口にするのもおかしいようなことばを、小さくつぶやいた。

しかし一方では、少しずつ心の重くなってくるのを、どうにも防ぐことができないでいた。

見てはならないものを見てしまったときに覚える小心な、あの都会青年的な気の弱さを、戦争に来ている自分の内奥に見つけ出していたのである。

トロラクで投降兵に遭《あ》ったとき、敵愾心に燃える視線を、彼らに投げたであろうか。それは否であるだけではなく、私の眼は戦友を殺《あや》めた敵兵に対して、怒りも知らず、かえって俘虜の身を恥じ入って（私は日本的な倫理観を、そのまま彼らにあてはめていた）うつ向き加減にしている彼らの視線と、なにかのはずみにぶつかったりすると、

捕虜を訊問する杉田一次中佐。たびかさなる敗戦に戦意を喪失して投降してきた俘虜は多数にのぼった。(著者撮影)

急いで自分の視線を他の方向へはずしたりした。また累々と横たわる遺棄死体に向かって、写真はおろか正視も避けていた。

この場にいたっても変わらない、戦争の実態に対する観念の甘さ、軟弱をあざ笑う声がどうしようもなく、私自身の心の中に聞こえてきて苦しめるのであった。

スリムの痛撃に浮き足立った英軍は、抵抗らしい抵抗もみせずに、タンジョンマリム、クアラルンプールなど、マレー半島中部の要衝から潮の引くように退却した結果、一月十二日、私たちのクアラルンプール入城となったのである。

私はこれまでに、戦場の戦争らしい写真を撮《と》っていなかった。

撮影したのはいつも、戦闘のあとのスクラップばかり。機械化部隊の進駐や、銀輪部隊の列はもうたくさんだった。私はやはり最初からの念願どおり、砲煙の立ちこめる最前線の写真が撮りたかった。もちろん、そこに戦う兵隊の姿を追って、だ。

それは、弱虫カメラマンの本心とは矛盾する願いだったが、弱虫だからこそ私は、自分の尻をたたいて勇気を示したかったのにちがいない。

一応は勇ましそうなことを言っている私の気持ちを、よく理解してくれたのは、同じように徴用でひっ張られて来た読売新聞写真部の中尾光夫君だった。

中尾君は、中国大陸に何度も従事している歴戦の写真記者であったから、最前線のようすをよく知っていた。

「君は初めてなんだから、一度、前線へ出て来いよ。そうすれば、戦争がどんなものであるかよくわかるよ」

そんなふうに言って、私を励ましてくれたが、

「でも弾丸の飛んでくる音は、あまり気持ちいいもんじゃないぜ」と、本当のところをつけ加えて、ニヤリと笑った。

彼はマレー西部部隊とともに活躍し、またシンガポール攻略戦には右翼の牟田口(九州第十八師団)部隊に配属されて参加した。九州訛《なま》りのある早口を人から愛され、またもって生まれた豪胆さを謳われていた。彼は私と東京出発以来、行動をともにして来たが、シンガポール陥落後、休む暇もなく病床の同僚の代理を申し出て、スマトラ戡定戦に従事していた。そして十七年三月十七日、ビレウェンにおいて残敵と遭遇、戦死する。

画家の栗原信氏(二紀会)、作家の里村欣三氏、堺誠一郎氏の三人が、自転車に乗

って第一線へとび出す計画を立てているのを知って参加の希望を申し込んだのは、クアラルンプールに入城した、その晩のことである。

「僕は戦車隊へ付くんだ。戦車なら、死ぬときもいっぺんだし……」

らくでいいや、といって、あとは口をつぐんだままの老骨栗原画伯。むだ肉を削ぎ落とした老軀に鋭い眼光は、武芸者を想わせる。

三人のうちでいちばん若い堺さんでさえ、私より十歳以上も年長者だ。それなのに赤道直下の炎熱をものともしないで、兵隊たちと同じ条件の下に、同じ気持ちになって自転車を操り、シンガポールへ入城しようというのである。

「僕も行きたいのですが、一緒に連れて行って下さい」

私は思わず、半分は叫ぶような調子で、栗原さんに言った。

それは、もうあやふやな気持ちは許さんぞ、と、自分に駄目を押す形にも似ていたし、瞬間、退《の》っ引きならない絶対の世界に自分を押しこんでゆく、一種の悲壮感からであったかも知れない。

ひどい不安が、胸の中に騒いでいたことは確かだった。

英国機の標識

はればれとした朝が訪れた。出発の朝だった。もう一度、念のために自転車の点検をやったり、リュックサックの中を調べたりして、用意がすっかり出来あがると、あとしばらくは井伏鱒二、海音寺潮五郎氏をはじめ、戦友たちの激励のことばに、時が流れた。

「元気で行って来いよ」

「あっ、大丈夫だ」

「こんど会うときは白木の箱か」

「死んでもおれが骨を拾ってやるから、安心してろ」

そんな応酬の中に、汲みつくすことのできない友情のことばを聞いて、互いに顔を見合わす男の別れには、ひとしおの感慨があった。

予定の時刻がきて、隊長格の栗原さんを先頭に、私たちは直属の宣伝班長阿野信中佐の前に整列し、出動の申告をすませる。

「あまり無理をせんでいいぞ。ことにからだには気をつけ、病気にでもなったら、いつでも引き返して来て静養するように……」

情のこもった阿野班長のことばは、私たちの胸を熱くした。

ゲマス北方の鯉部隊戦闘司令所まで送ってくれることになった秋山上等兵の運転するトラックに、不安や期待やなにかワケのわからない気持ちといっしょくたに、勇ましく乗りこむ。

トラックの上には大きなドラム罐のほかに、富・司・セ・報道小隊だれ某と黄色いペンキで、各々の名が記された六台の自転車と、六個のリュックサックをのせる。そして栗原さん、里村さん、堺さん、新しく参加した松本さん、長屋さんに私、と合計六人の者が、摘《つ》み草にゆくような屈託のない顔つきで座った。

初対面の松本、長屋両氏は地方新聞社の社会部記者で、六人のうちカメラマンは私ひとりであった。

富・司・セは軍の記号で、富はマレー派遣・二十五軍（山下奉文中将麾下）、司は司令部、セは宣伝班の略号で、報道班の撮影小隊、報道小隊などは、宣伝班長の指揮下に置かれていた。

午前九時出発。車が動き出すと、東京からずーっと一緒だった徴用員の井伏鱒二、海音寺潮五郎さんたちが、心配そうな顔つきで手を振り、見送ってくれる。

英軍はネグリ・センビラン州では一戦も交えず、退却してしまったので、戦闘の行なわれているゲマスへは百マイル以上も走らなければならなかった。

そして、出発以来八十マイル近くも走っているのに、見たものはただ灰色の舗装道路と、ゴム林のむっとするほどの緑と、破壊された橋だけだ。あとは小さな華僑の村落を通り抜けたが、建てものの中はみんな、からっぽになっていた。

そんな村落のはずれで飯盒のめしを平らげ、ふたたび南下をはじめる。私は周囲の状況がよく観察できるようトラックの後部に、風を正面から受ける形で腰を下ろした。最初のうち賑やかだった六人の話題も、いつか疲れてしまって、みんな無口になっている。

午後三時、前方ゴム林すれすれの低空を、あまりお馴染みでない双発の飛行機が、旋回しているのを見つけた。

私は生半可な知識で、見たこともないその機影を、陸軍の最新鋭・一〇〇式Ⅱ型司令部偵察機（通称新司偵。時速六百四キロで飛び、当時の列強戦闘機のスピードを上回っていた。七・七ミリ機銃一梃搭載）が対地連絡をとっているものと勝手に解釈し、その活躍ぶりをとらえようと思った。

しかし、カバンからカメラをとり出し、撮影準備にかかる間もあたえず、その飛行機は、私たちの頭上三十メートルに、黒々とおおいかぶさって来た。

写真機はもう間に合わない（こんなときのスプリング・カメラはじれったいもの）。私はせめて、まだ秘密兵器の新司偵の勇姿を眺めておきたいものと、ゴム林の梢を透かして空に視線を投げた。

すると、なんとしたことか、ぴんと張った両翼の下には、三色の彩りも鮮やかに英国機の標識が円を描いていた。

ワアッ敵機ッ。私はとっさの中にも、それが敵のブリストル・ブレンハイム爆撃機であることを悟った。そして叫ぶ。

「敵機だッ」

みんなはキョトンとした顔で、それを聞いていたが、私の叫んだことばの意味に気がつくと初めて、いっせいに視線を空に向けた。しかし、そのときはもう超低空の敵機は、ジャングルの向こうに姿を消していた。

すべてが一瞬の出来事だった。英軍機のマークを確認しなかったみんなは、信じられないといった表情で、落ち着いていた。

勝ち戦《いくさ》ばかり見てきたので、感覚がずれていたのかも知れない。大声で怒鳴った私の方が、おっちょこちょいに感じられてきて、腹立たしい思いだった。そしてもうひ

英爆撃機ブリストル・ブレンハイム。8人乗りの全金属製機で、MK.1型においては最高時速494キロという戦闘機なみの驚異的な高性能を誇った。

とつ、敵機を眼の前にしながら、それをフィルムに収めることのできなかったことが、くやしくてたまらなかった。

いい写真になったと思うのに、あのブレンハイム、爆弾こそ落とさなかったが、従軍カメラマンのプライドを大いに傷つけていったのである。

三百メートルほど走ったところで、ブレンハイムの機銃掃射を浴びたトラックの一隊が、やや昂奮の状態で喚《わめ》いていた。

兵隊は敵機が戻ってくるのに備えて、トラックをゴム林の中に退避させている。

制空権がわが方の手にあるので、彼らも飛行機とみれば、みんな友軍機と思いこんでいたのであった。

「敵機がやって来るぞォ」

一本道の上をとばしている、怖いもの知らずの私たちのトラックに、兵隊たちの怒鳴り声が追いかけてくる。

「やっぱり、さっきのは敵機だったんだね」

里村さんが、いまになって呑気なことをいった。

敵機はあのとき、なぜこのトラックを銃撃しなかったのだろう。ほんの一発か二発、撃ちこんでいたら、ガソリンの一杯入ったドラム罐は、運転兵ともども、七個の死体を、いとも簡単に火葬にしてしまったであろうに……。

車が進んでゲマス近くになると、道の両側のゴム林には、バナナや椰子の葉で擬装し味方の自動貨車の群れが退避していて、対空警戒態勢に緊張の空気をはらんでいた。

兵隊に聞くと、

「今日は敵さんの飛行機が、とても沢山やって来るんだ。たったいまも、三機編隊のやつがやって来たんだ」

「あんたたちは遭わんかったですか。敵機のやつは、ゴムの木すれすれに飛んで来やがるんで、気がついたときはもう頭の上に来ていて、避けようがないですよ」

後方連絡の自動車隊の兵であろう、中年の無精ひげを生やした顔に、まだ少し昂奮の色を残して語った。

そしてまた、三十分ほど前にこの上空で展開された空中戦では、友軍の二機が敵の五機と渡り合って、たちまちその二機を撃墜してしまったが、「そいつは見ていて溜飲の下がる戦闘だった」と、まだそこで空中戦が行なわれているように、話す兵隊もいた。

まるで自分が英軍機を撃ち落としたみたいな表情である。


私たちの追及する松井部隊（五師団）の本部は、ゴム林の東側深いカンポン・ゲドグという小さな村に、英空軍の執拗な反撃を避けて、設営していた。

太陽はもう西に傾いていた。

私たちは部隊本部に着くと、すぐにスリム以来の顔馴染みとなっている石橋副官に会い、配属の申告をすませ、割り当てられたニッパ椰子の小屋に宿営の準備を急いだ。クアラルンプールからここまで、今日一日だけで、八十マイル余もトラックに揺られて来たので、私たちはぐったりと疲れていた。そして夕食も簡単にすませると、早々に毛布をかぶった。

にぶい砲声がときおり、あたりの空気をふるわせてくる。七キロほど前線の、ゲマスがやられているらしい。

砲声はドーン、ドーンドーンと連続的に聞こえるときもあるし、バーン、バーンと厚い空気の層になって、間歇的に枕もとに伝わってくるときもあった。

夜半になると、ますます砲声は激しくなった。

眠りの邪魔をされた私は、暗い中に眼だけを開けて、固い床の上に何度も何度も寝返りをうっていた。

マドの外の星だけが、キラキラ明るい。

黒い閃光

昭和十七年一月十七日。現在地・ゲマス北方三キロの河村部隊本部――前方の割合近い地点に、敵の砲弾が物凄い音で炸裂していたが、急にぱったりと鳴りやむ。ゆうべの安眠妨害の正体は、こいつだったにちがいない。

静かになったので、部隊長の許可をもらい、栗原さん、里村さんと三人、戦車隊への連絡に出る。

戦車隊はゲマスの南部、街はずれの鉄橋を越えた地点に、前進しているとのことだった。

私たちは鉄道の踏切を渡ってから、線路に沿って十分ほど走ると、小さな華僑の集落に入った。

そこがゲマスの街であった。西海岸のマラッカとの交叉駅をもつゲマスは、マレー鉄道の要点と聞いていたが、来てみると、意外に貧弱な街であった。

マレー縦貫道路の左側は、煉瓦づくりの華僑の店が十軒ほど建ち並び、右側のゲマス鉄道駅は日英両軍の砲弾に、痛ましくも半壊の姿となっている。

マレーの椰子林の中を行く日本軍戦車隊。著者はゲマスにおいて戦車隊に合流し取材を行なった。

私たちはやや下り坂になったコンクリートの道に、勢いよく自転車を滑らせた。

中西饗室と金文字の看板をあげた、左側いちばん手前の店から、ひげむじゃらな兵隊が五、六人、顔をのぞかせていて、なにやら笑いを浮かべている。陽にやけた黒い顔に歯だけを白く光らせ、そのくせ声も立てずにニヤニヤと、へんな笑い方だった。

時間にすれば一秒か二秒の間のことだったが、私の耳にはなぜか、

「報道班のやつら、いやに颯爽と走り回ってやがるな」と、笑い合っているのが聞こえてくる感じだった。

中西饗室の板戸には、白黒で戦車工兵の部隊名が記されてあった。

華僑の屋並みがつきると、そこには直撃弾をくって大破した友軍のトラックが三台、置き去りにされてあった。

そして私たちの周囲には、まだ硝煙の臭いのする砲弾のあとが、アリ地獄の穴のように掘られていて、三人の自転車のタイヤのシュプールが、新しくはっきりと、飛散した破片の上に残った。

前人未踏——は、ここではありがたくない。私たちはそこに、ただごとでない殺気を肌寒く知った。

「だれも人がいないが、大丈夫かね」

里村さんがつつみきれない不安を示して、だれにともなくつぶやいた。

こわれたトラックの向こうに、橋が現われた。この橋を破壊し、日本軍の渡河南進を阻んで、頑強に砲撃で抵抗しているゲマスの橋だ。

自転車を止めて渡河点を探していると、道路左側の草むらがガサガサと動いて、数人の兵隊が出て来た。橋のたもとにいる私たちを見つけると、

「どこへ行くのか」と鋭く誰何《すいか》する。

よく見ると、半身を低くかがめた将校の指揮する斥候隊で、栗原さんが、報道小隊だということを説明し、つづけて、

「これから橋の向こうに出ている戦車隊へ、連絡に行くんです」と怒鳴るように答える。と、今度は、

「たま（砲弾）がとんできますよ」そんなふうにやさしく言って、将校斥候はふたたび、背を丸めて密林の中に姿を隠していった。

さっきから辺りの空気に、直観的な危険を感じていた里村さんが、

「匍匐《ほふく》して、少しようすをみよう」といった。

「なあに弾丸《たま》も来ないのに慌てるなよ。来てから逃げたって、大丈夫だよ」と、栗原さんはしかし、乱暴なくらい豪胆だった。

私たち六人の報道小隊は、クアラルンプール出発の前夜、最年長の栗原さんを隊長として、普段の行動は、栗原さんの指揮に服従することになっていた。が、万一、敵襲その他、前線で予測される危険にさらされた場合は、大陸戦線に出征し、実戦の経

験をもつ兵隊あがりの里村さんが善処、命令を発することに決めていた。

私はそのことを思い出し、ここでは里村さんの言にしたがって、足もとの小溝に這《は》いこみたかった。しかしまた、栗原さんの強気に笑われてはそれも口惜しく、ふたりの間に挟まって、どうしたらよいのかまごつくばかりだ。

とにかく前へ行こう、と橋梁に足場を求めるのだが、完全に爆破されている橋は、それを許そうとはしない。

立ち往生した私たちは仕方なく、いったん部隊へ引き揚げることにする。

回れ右をして、さっきの友軍のトラックのところまで十メートルほど戻ると、先頭を走っていた里村さんが、二番目の私をふり返って、

「石井君、これ写したらどうだい」と、直撃弾をくらって、まだ燃えている自動貨車を指で示した。

しかし、それは単なる記録写真にしかならず、私には興味も起こらないので黙ったまま見過ごすと、栗原さんは絵の資料にするらしく、自転車を止めて、愛用のスーパー・シックスを覗いていた。

私はそのとき、ひどく慌《あわ》てたようすで、くすぶるトラックの荷台から、装具をひっぱり出しているひとりの兵隊を見つけた。

「兵隊さん、この辺弾丸《たま》くるんですか」

私は軽く挨拶のつもりでそう言ったのだが、慌てたようすの兵隊は、ますます慌てたようすで、

「弾丸、来ますよ。いままでは五分間と、休むひまもなく撃って来たんですよ。いまだけちょっと来なくなったんで、自分もこれを取りに来たんですよ」

兵隊のことばが切れるのとほとんど同時に、昨夜から聞き覚えのある、あの砲声が、連続的に鳴り響くのを聞く。

装具をかついだ兵隊は、「そら来たッ」と叫ぶや、必死になって、橋とは反対の方向に駆け出した。

反射的に私も、夢中になってペダルを踏む。ガチン、ガチン、ガチン……尻の下に火がついたように落下弾の音がして、後方三十メートル付近に炸裂する。

ドドドーン……英軍はつづけざまにまた、四つの砲門に一連射をあたえた。

さっきの兵隊は、私の自転車もおよばない速さで、煉瓦づくりの華僑の家屋にとびこんだ。

背後を追ってくる発射音を聞きながら、私も自転車をおっぱり出して、華僑の家に退避を図る。しかし、ブレーキのきかない現地調達の自転車は、私の意志に反してス

ピードを落としてくれない。

私は仕方なく転げ落ちるような形で自転車をとび下り、煉瓦づくりの家に逃げこむ。主《あるじ》を失った自転車は、そのまま五、六メートルを走ったあと、ひっくり返った。

里村さんは素早く、建物の間の露地にからだを伏せたが、写真を撮《と》っていた栗原さんはどうしただろう。しかし、私にふり返る余裕はなかった。

ガチン、ガチン……砲弾は固い音をたてて、辺り一面に絶え間なく落ちる。私たちは敵砲兵の狙いどおり、弾網のまん中にとらえられてしまったのだ。

私はコンクリートの床に伏せると、しばらくは呼吸をととのえるのに骨を折った。

ドドドーン。また撃った。

「一、二、三、四、五……」

声こそ出さなかったが、発射音を聞いてから、口の中で時間を数えていると、七秒目に轟音が火を噴いた。(その昔の私たちは、暗室に入って引き伸ばし作業をする際、印画紙にあたえる適正露光の秒数を、そうやって数える習慣が身についていた。フィルム、乾板の現像も右に同じ)

「よーし、こん畜生め、あいつを撮らないで、どうしてくれるんだ」

突然、私は、歯ぎしりを噛む想いでひとり言。自分にハッパをかける。

雑嚢からカメラをとり出し、上半身を入口の扉から外へ這い出させる。正面は鉄道駅で、その手前にサッカーの競技場がひらけている。

私は恐怖心を払いのけるように、レンズを向けた。

敵弾は惜しげもなく降り注いでくる。きっとゲマスの街全体を、標的にしているのだ。

が、敵弾はなかなかうまい具合に、ファインダーの正面には炸裂してくれない。しかし私の耳は、この戦争狂騒曲の中に、面白い発見を聴《き》いていた。

英軍の砲陣地は、どのくらいの距離にあるのか、射程はかなり長かったようだが、まずドドーンの発射音、そして七秒。着弾・炸裂の音が鼓膜を破るように、空気をひき裂いてくる。しかし、その前にガチーンと、あの鉄の塊りが、舗装した路面に激突した固い音が入るのだった。

もちろんすべては一瞬の間、いやそれ以上の閃光の速さであるが、私がこれまでに見た戦争の映画やニュースでは、聞いたことのない音だったことは確かだった。

敵弾は息つく間もなく、右に左に落下してくる。私は自分でも意外なほど平然と、ファインダーの中にシャッター・チャンスを待っていた。しかし、建物の後に黒い閃光が炸裂すると、血液が逆流した。

あの鉄の塊りを、微塵の小片に炸裂させるやつが、背後からどやしつけるとは……。カメラマンの本性としては、ことはいつもレンズの前にあるはず、なのにだ。

私の肝っ玉はでんぐり返しをうって、カメラをかまえる気力は消滅した。

出発前、だれかが教えてくれた爆風に対する注意のとおりに、目をつむり、耳をふさぎ、口を半開きにして、自己保存の本能を追う以外なにもなくなってしまった。

重いお荷物で、ふだんは邪魔もの扱いにしていた鉄帽の中に、私は全身を入れようともがいた。しかし、からだを一尺（三十三センチ）もはねあげる心臓の高鳴りは、どうしようもなかった。

十分、十五分……そうやってどのくらいの時間がたったのだろう。こんなときだから、一時間にも二時間にも、永く感じられたが、わずかに訪れた砲声の絶え間から、「石井君、石井君、大丈夫か」私の名を呼ぶ里村さん。

声に誘われて、街道にとび出すと、栗原さんが視線をまっ正面に置いたまま、矢の速さで赤い屋根の見える丘に向かって、まっしぐらに走っていった。私もありったけの馬力を出して、放り出したままの自転車をつかみ起こすと、がむしゃらに栗原さんのあとを追う。

単葉引き込み式のブリュースター・バッファロー戦闘機。12.7ミリ機銃を4梃、45キロ爆弾を2コ搭載。最大速度520キロで、獲物にくらいつく。

里村さんは、そのあとにつづいた。丘の上に走り上がると、赤い屋根の木陰で私たちは、へたへたと尻餅をついてしまった。しかし敵弾は、まだ執拗な激しさで、後を追っていた。

幸いに三人とも、かすり傷ひとつ負わないで無事だったが、私はたまらないノドの渇きに、口いっぱい水筒の水を飲み干した。

飛行機の爆音と一緒にバリバリバリと、機銃掃射の音が降ってきたのは、そのときだった。

今度は頭上からだ。しかし、上を見る暇もなく、そこにあった溝の中にからだを突っこむ。

里村さんも、栗原さんも、同じような格好で横になった。

仰ぐと、高く澄んだ青い空、その視界の中に、ズングリと熊ン峰みたいな格好のバッファロー戦闘機が三機、眼に入った。

「あいつに発見されたら、今度こそ処置なしだ」

私たちは息をひそめて、成り行きをうかがう。低空をこするように襲ってきたバッファローは、一旋回するとそのまま南、シンガポールの方向に、消えていった。スリルは満点だった。私は今度こそ写真にと、カメラを開いて、チャンス到来を待ったのだが、熊ン峰は一航過をしただけで、距離を遠くして行った。残念だった。

機銃の雨

一難また一難。初めて受ける砲火の洗礼に、私も最期の場面の覚悟を迫られたのであったが、からだだけは無事ですんだ。

別行動で友軍の砲兵陣地にいた堺さんも、さっきのバッファローに機銃掃射を浴び、やれやれといった顔で帰って来た。

「爆音がして来たので、はっと気がついてみると、それまで辺りにいた沢山の兵隊は、どこに隠れたのか、一瞬のうちにみんな姿を消していて、立っているのは自分と長屋君だけだったよ。慌てて伏せる場所を探すんだが、まごまごしているうちに、もう敵の編隊は頭の上に来てるんだ。とっさにゴムの木の根もとを楯にして伏せたが、あのときは泣きっ面だった」と私たちを笑わせた。

栗原さんも里村さんも、あんなことは戦場の常、といった顔つきで、さっきの戦慄を笑い話にしている。

そんな空気に、私の昂奮も柔らいでくるのだが、一方では、あの砲弾の炸裂も、バッファローの対地攻撃も、レンズにつかむことのできなかった自分の小心が、たまらない口惜しさとなって、みんなと同じように笑ってはいられなかった。

昂奮を抑えながらメモった手帖の走り書きは、そこで終わっていたが、英軍は相変わらず、夜になっても激しい砲火を浴びせてきた。

見当もつかない遠くの闇空に、白い光がパッパッパッパッと四つ閃くと、しばらくしてから四つの発射音が、地を這って響いてくる。

友軍の砲陣地の所在を狙って、滅多やたら、ただゲマス北方一帯に、砲弾をたたきつけているのだ。

もし歯車のひと齣が狂って、砲身の角度を上に向けたら、射程は具合よく延びて、私たち六人の報道小隊の全員が吹きとんでしまうだろう。そんな近さにいくつもいくつも、数えきれないほどの砲弾が落下していた。

英軍は防衛陣地を、十キロ距てたバト・アナム付近に布《し》いている、とのことであったが、私たちから二百メートルほど前方の友軍の砲兵隊は、白い閃光に敵の方角をとらえ、発射音と弾着とで距離を測定し、必中弾の応酬に全砲口を開いていた。

昼夜の昂奮に、私は疲れ果てた。ゴム林に毛布を敷いて仰向けになる。しかし、ゲマスの夜空を裂いて、いまや最高潮に達しようとする敵・味方の砲声に、意識は冴える一方だった。そして私は、恥ずかしいほど何回も小便に立った。

眠れないままに、夜が明けた。

美しい朝やけは、みる間にいつもの青い空に変わってしまった。

ゴムの林も、大きくひろがった椰子の葉も、そのままでは何事もなかった表情の、静かな風景である。

ただ戦塵に汚れきった兵隊が、数日来ここにとどまっている事柄によって、ゲマスの線を防御する、英軍の抵抗の猛烈さが、語られているのであった。

炊事の仕度にいそがしい兵隊たちにまじって、私も井戸端で飯盒の米をとぎ、歯ブラシを使っていた。

と、いきなりまた、敵機の編隊が現われた。

一群のホーカー・ハリケーン戦闘機に護られたブレンハイム爆撃機二機は、友軍の砲陣地上空にかぶさったかと思うと、つづけざまに五、六発の爆弾を投下し、そのままの姿勢で、私たちの屯《たむろ》するゴム園に、機銃の雨を降らせて来た。

寝起きを襲った敵機の奇襲だ。不意を衝《つ》かれて私は、口のまわりを白く、歯みがきの粉だらけにしたまま、そしてブラシをくわえたまま、水泳のダイビングの形で頭から、傍らの壕にとびこんだ。

パキッパキッパキッ、と親指ほどの敵機銃弾が、十メートルほど向こうの舗装道路に火花を撒《ま》き散らしている。

私は自分の壕に掩蓋《えんがい》がないのに気づき、慌てて椰子の葉で擬装したトラックの下へもぐりこむ。だがそこも、もしも燃料タンクに敵弾が命中したら、自分にあたらなくても、まっ黒焦げになるのは必定だ。

新しい不安に追い出されて、そこをまた這い出す。しかし、もうほかにからだを隠す場所はなかった。

こんなとき、意外なことにヤケッ八のくそ度胸は、私からカメラマン意識を呼びもどしてくれた。

小銃で対空射撃の狙いをつけている、ひとかたまりの兵隊をみつけると、その背後へ駆け寄って行って、兵隊と同じようにカメラを空へ向けていた。

パキパキパキ……爆音が近づいたと思う間もなく、ホーカー・ハリケーンの機銃弾が襟もとをかすめた。

ゴムの木の梢越しに見る上空に、面憎いまでの悠揚さで、翼をひるがえすハリケーン戦闘機が、ファインダーいっぱいに映った。まるで大英王国空軍の栄光を誇示するかのようだ。

勇敢な戦いっぷりとも見えたが、私はたしかな手ごたえを指さきに感じながら、シャッター・ボタンを押した。

同時に、パンッとびっくりするほど大きな音で、隣りにいた兵隊の小銃が鳴った。

暁の空襲は二十分間で終わった。双発のブレンハイム二機は、ジャングルの中に墜落した。

地上からの対空射撃の戦果である。私はその一機が、ジャングルの大木にぶつかる音を、たしかなものに聞いた。

しかし、友軍の方も直協（対地直接協力機）一機を失った。

地上の第一線部隊との連絡を主任務とする直協はスピードも遅く、ハリケーンと遭遇したら、ひとたまりもなかったろう。

ゲマスの防衛線で勇敢な戦闘を展開したのは、日本軍とは初めて交戦する英軍の主力、豪第八師団で、充実した戦力を有していた。

一月十四日午後、ゲマス西方に達した我が方の歩兵大隊が、橋梁の通過中を狙って、その橋を爆破、同大隊を前後に分裂させて、両岸に猛砲撃を浴びせてきたのである。同時に爆撃機、戦闘機約二十機をもって空襲を加え、地上砲火と銃爆撃の緊密作戦で、たちまちのうちに日本軍の死傷者百三十名、中隊長の戦死三名を数える損害をあたえたのであった。（陸戦史研究普及会刊『陸戦史集Ⅱマレー作戦』による）

第二章　砲声の中

逆光線の影絵

夕刻、部隊本部に前進命令が出る。私たち六人は本部の出発に先立って、滝のようなスコールの中を自転車に乗り、ゲマス南方の集落カダイに向かう。

道を迂回してゲマス駅から線路沿いに、昨日の橋まで来ると、猛雨の中を、裸像の工兵隊が、

「ワッショ、ワッショ」の掛け声勇ましく、架橋作業をやっていた。

敵の砲声は、相変わらずここを狙って聞こえてくるが、兵隊たちは英軍の発射音を聞くと、風のように忽然と、姿を消す。そして、敵さんの気がすんで、もとの静寂に

もどるとまた、のこのことカニのようにどこからか這い出してきて、「ワッショ、ワッショ」をはじめるのであった。

重い橋材をかつぐ兵。目も開けられないほど大粒の雨滴をうけながら、高い梁の上で目盛りをとる兵。枕木の代わりに切ってきたゴムの巨木に、かすがいを打ちこむ兵。砲弾を浴び、スコールを衝いて悪戦する工兵の姿は、どうしても私の被写体だ。

私は押収、というより、途中で拾ってきた英兵の雨ガッパを着て、フィルム（セミ判十六枚撮り）二本に、全景・アップと記録する。

カメラをいたわっての撮影作業だから、雨水は遠慮なく下腹まで流れこんできて、カッパの下はマンデー（現地の人がやる水浴び）したのと同じだった。

五人の仲間は、砲弾で半分ふっとんでしまった中国人家屋の軒下に、雨宿りをしながら私の仕事のすむのを待っていてくれた。

その夜は、またゴム林の露営だ。雨はすっかりあがったが、まっ黒な雲が夕暮れの空一面をおおっている。

炊事の仕度をしながら私は、なにかやたらに〝お喋《しゃべ》りや〟になっていた。今朝の空襲のときには、あまり不意のことだったので、歯ブラシをくわえたまま逃げ回ったこと、架橋作業の工兵隊が勇敢で立派だったこと、そして昨日、あの橋の手前で砲撃をくったときには、もう駄目、と最後の覚悟をきめたことなど、飯盒めしの出来具合に取っ組んでいる里村さんをつかまえ、やたら大きな声ではしゃいでいるのであった。

それはお天気やの私のくせで、今日一日に数十枚のフィルムで仕事ができたことの満足からくる〝はれ〟だったのである。


栗原さんと一緒に、念願の戦車隊（山根中隊西山小隊）に付いてから、平静な幾日かが過ぎたある一日——


「敵陣近し、射撃準備」の命令が出る。

鉄帽をかぶった栗原さんが、二号車の砲塔から上半身をのぞかせ、兵隊と同じように、左右を睨み回している。あれは画家の眼か、タカみたいに鋭い。

私の乗るのは、いつも三号車だった。英軍の速射砲と最初にぶつかる先頭の一号車は、危険が多いと、西山隊長から搭乗許可がもらえなかったこともあり、遭遇の刹那に、火を噴く戦車を前景に置きたかったからの、そんな計算もあっての選択だった。

鉄帽をかぶり、砲塔のアンテナにつかまって、私はカメラの蓋を開き、シャッター速度、絞り、距離目盛りを点検、確認する。

炎熱に灼ける中型戦車の鋼鉄板と、エンジンの熱気。スズメがとまればすぐに焼きとりができ上がり、目玉焼きも即座にオーライ、などと笑ってはいられない。その熱さに加えて、いつはじまるかわからないドンパチ。緊迫の空気の中に、私の五体はあぶら汗でべっとりだった。

真っ青な空。足もとは血をとかして染めあげたかと思われる、レンガ色の土。タテヨコ定規で計ったように植えられた油椰子の緑。そこはいかにも熱帯圏の戦場にふさわしい、強烈な極彩色の景観だった。

しかし、ここでは銃声ひとつ聞こえて来ない。聞こえて来るのは、遠い砲声だけだった。

山根中隊長の戦況報告によると、現在地から二マイル南の前方が、中央進攻路の最前線で、友軍部隊は、ヨンペン峠から豪州軍の背後を衝いて猛撃中とか。

中隊長は椰子園に被写体の、敵がいなかったことを慰めるように、

「まだこれから面白くなりますよ」と言って笑った。

夜行軍を覚悟していると、前方の橋梁が破壊されているので、別命あるまで小休止となる。

今日も夕焼けが赤く空を焦がし、銃を肩にした銀輪部隊が、逆光線の影絵を連ねて、南へ向かって行く。

午後七時、遠くの砲声がひときわ、鳴りを激しくする。

「西海岸（マラッカ海峡沿岸）は、ひでえらしいな。飛行機と艦砲射撃で（近衛師団は）だいぶてこずっているらしいぞ」と、地方にいたときは中学校の先生だったという西山中尉が、ちょうど中学生のような少年戦車兵に囲まれて、車座の中央に座り、地を這ってくる轟音を、そんな気やすいことばで戦況説明している。

この分では今夜も野営だ。椰子園の井戸端で手っ取り早くマンデーをすませ、固い舗装道路の上に、毛布一枚のベッドをつくる。

戦車は敵機の眼を防いで、椰子の葉の下に潜り、兵隊たちは厳重な対空監視をいい渡されていた。

この日のわが収穫は、椰子林を縫って進撃する戦車隊と、夕焼け空をバックにしたシルエットの銀輪部隊だ。フィルム一本を使う。

友軍の墓標

昨夜来の砲声はやんで、戦線は進んだようすだ。だが、出発の気配は少しもみられず、砲塔の上に据えつけた高射機銃だけが、いたずらに天の一角を睨んでいる。

昼めしにしていると、通りかかった朝日の影山光洋君はじめ、各社の特派員連中が、「ぼくも招《よ》ばれよう」といって、一緒に飯盒のめしをつつく。

けさ三小隊の猛者たちが、徴発してきたニワトリが材料のミソ煮だから、彼らにもおいしかったにちがいない。

めしがすむと、特派員連中は、山根中隊長に申し入れをして、三小隊の戦車に、椰子林を暴れ回ってもらう。

最初の希望では、実戦の感じを出すため、実弾をぶっ放してもらうつもりだったらしいが、この辺りでいきなりドカン、ドカンと実弾を撃ち出すことは、作戦上面白くない影響をひき起こす、と慎重な山根隊長は、そこまでの許可は出さなかった。

その代わり発煙筒を焚いたり、太い油椰子の木を押し倒したりで、演習はなかなか派手になった。

南下する銀輪部隊の写真ばかり原稿にしていた各社カメラマンは、ジットラ、バクリの戦線を蹂躙《じゅうりん》した戦車隊の活躍が撮れて満足のようすだった。

私もおつきあいにカメラを出したが、各社特派員とは角度を変えて、戦車の中に潜りこみ、操縦席の覗《のぞ》き穴から、隣りの戦車を写す。

しかし、日ごろから、作りものの戦争記録は撮らない、と誓ってきた私の誇りは、これでぺしゃんこになってしまった。

従軍カメラマンといっても、私たちのように徴用令状でひっぱられてきて、軍宣伝班に属する報道班員と、社命で従軍している新聞特派員の二通りがあった。

報道小隊（ペン・写真）、撮影小隊（記録映画）などに編成された軍報道班員は、少・中尉クラスの将校を隊長として、第一線で行動したが、私たち六人の報道小隊は軍人色抜きで、最年長者の栗原信画伯を隊長として、自分たちの意志で進みたい方向に進み、休止したいときに休止し、その時間を原稿メモの整理にあてるなど、自由な行動が許容されていた。

新聞社カメラマンの諸公は、自社の栄光を肩に特派されて来たベテラン揃い。それが呉越同舟で、軍用トラックに乗って前線を駆け回っている。しかしそこにはやはり、目に見えない紙面競争が戦わされ、取材の競り合いから、ときに演出のスナップを、ニュース写真にすることもあった。

アヤム（ニワトリ）のミソ煮で腹を満たし、戦車隊も撮った特派員たちは、今日中に西海岸のヨンペン入りをするのだ、といって、また赤塗りのトラックに乗り、元気

シンガポールの日本軍銀輪部隊。著者も自転車に乗り、砲弾や銃弾が飛びかう最前線をカメラをかかえて走りまわり、シャッターを押しつづけた。

よく前線にとび出して行った。

兵隊たちは、自分のひるめしの上前をはねて行った特派員一行を、姿勢正しく挙手の礼で見送っていた。が、腹の中はどんな具合だったろう。いささか同情する。

戦闘のない戦車隊に五日間、そのうえ前方二マイルの橋の復旧作業がはかどらず、戦車の通行は無理とのことだった。出発の目途が立たず、私はうんざりした。

兵糧徴発、とかいって、中国人の村へ米を探しに出ていた三人の兵隊が、ぞろぞろと一群の敗残インド兵を連れて帰ってきた。

坊主頭のや、頭のてっぺんの、つむ

じのあたりだけの毛を長くしたのや、数えると十五名もいる。

彼らはどうやって手に入れたのか、中国服をまとって良民を装っていた。そして「インディアン・ソルジャーか」の訊問に対しては、悪びれたようすもなく「イエス」と答えていた。

中隊へ置いておくには、数が多すぎるし、師団本部への連絡は、いまの場合、覚束ないので、山根隊長以下いい知恵も浮かばず、処置に困る。

捕まえてきた兵隊は、責任を感じたらしく、

「仕方がないから、やっちゃいましょう」と、そこは兵隊らしい考えで、いうことが手っとり早い。

「いや待てよ。戦闘の最中なら別だが、俘虜となって大人しくしている連中は、気色が悪い。いやだよ」と西山中尉。

もともと日本語のわかるはずもない彼らは、いま自分たちの身に関して、どんな重大なことが語られているのか、それは知る由もなく、腹をおさえ、眉をしかめた表情で、空腹を訴えている。

「腹がへってるんだな」

西山中尉は兵隊にいいつけて、乾麺麭の一袋をあたえる。

マレーのジャングルにおいて橋を架設する日本軍の工兵隊。歩兵の行軍が滞りなく行なわれるように縁の下の力持ちとなり、日夜、努力を続けた。

彼らはそれを手にすると、感心に争うようすもなく公平に分け合い、安心と満足の表情をつくった。

食べ終わって、キョトンとしているインド兵に、煙草を差し出す兵隊もいた。

今夜も八十三マイルのこの地点で、野営だ。いつになったら、敵とぶつかるのだろう。

投降したインド兵は結局、後方にいる戦車隊の段列に預けることになり、迎えに来た下士官に連れられて、後方へ下がって行った。

便衣の俘虜とはいえ、十五名の巨漢を、夕まぐれの戦場にひとりで指揮して行く下士官の度胸には、シャッポを脱ぐ。

昨夜はクアラルンプール方面から聞こえ

てきた飛行機の爆音が、私たちの野営地の上空をかすめて、南方に消えて行った。

英軍機の液冷エンジンの爆音はフラットで、カン高い友軍の聞きなれた空冷式とはどこか異なっていた。

私の耳は、音だけで敵味方の判別をするようになっていたが、夢うつつの中で二回ほど、液冷エンジンの音を聞きながら、私はねむい目を開きもせず、寝返りをうっただけであった。

「起床」

元気のいい声に起こされたのは七時。ただちに出発準備だ。

午前九時、行軍が三つ目の橋付近にかかると、道の両側に二本、三本、四本、ま新しい友軍の墓標が立っている。

敵はこの橋を壊すと、例によって砲撃と爆撃とで、工兵の架橋作業を阻んでいたのである。

川幅はわずか十メートル足らずだったが、戦車隊も進撃できなかった砲撃は、よほど猛烈だったにちがいない。

ジャングルの巨木は、どれも幹の半分からへし折れていて、この辺りだけ空が明るく覗いていた。

バナナやパパイアが、墓標の前に置いてある。煙草が三本供えてある墓標は、生前、煙草好きの兵士だったのだろう。

私たちは戦車の上から、英魂の一柱ずつに黙禱を捧げ、前進した。

野戦料理

戦車隊とも、いよいよお別れの朝がくる。身ぶるいするような恐怖心にムチうって、戦車隊に付いたのに、英軍の橋梁爆破戦術に進撃を阻まれ、ついに最前線の交戦を撮る機会はあたえられなかった。

私は栗原さんと一緒に山根中隊長、そして一番お世話になった西山小隊長と三小隊の若者たちに厚くお礼を述べ、

「シンガポールでまた逢いましょう」と再会を約す。

久しぶりにペダルを踏む自転車の荷台には、戦車隊の人たちが、心づくしに入れてくれたパイ罐や煙草や、ひるめしの弁当でふくらんだリュックサックが乗せられた。

彼らも私も、おたがいに明日の命を知らぬ運命の立場だが、〝おみやげ〟ということばに、なぜとはなし心愉《たの》しいものを感じる。

松井部隊（広島・五師団）の本部に入ったのは、約束どおりの一週間目だった。それまで歩兵や工兵や砲兵隊と、各自ばらばらに配属していた里村さん、堺さん、そして長屋、松本の両記者たちは、すでに到着していて、元気な顔で私たちを迎えてくれた。

勢揃いした六人は、おたがいの無事を喜んだのも束の間、石橋師団副官の指示でアエル・ヒタムに向かう。

本来なら、ヨンペンからムアールに出て、西海岸道を南下する西村部隊（近衛師団）に配属だったのだが、その進路には、まだ豪第八師団の敗残兵が出没し、危険とのことで、予定が変更されたのである。

ゆるい丘陵に囲まれたアエル・ヒタムの街に入ると、いきなり大地をえぐって空爆のあとが眼を射た。

撃ち抜かれた友軍の鉄帽がふたつ、草むらに転がっている。今朝来の攻防戦にやられたのだろう、弾丸は星章の指一本ほどはずれた左から入って、その弾孔のあとには、暗褐色の肉片が残っていた。

ここはマレー半島を縦貫する中央道路と、西海岸バト・パハトから東海岸に抜ける横断路とが人の字に交叉している地形的に重大な要衝であったから、英軍の頑強な抵抗もうなずけた。

集落の西のもり上がった丘の中腹に、私たちの宿舎が設営された。現地の中流家庭の住居だったらしく、芝生の庭もある。敵機の空襲を考えると、地の利は悪いが、それまで毎晩、固いコンクリートのドライ・ブウェイに寝ていた私は、久しぶりに屋根のある家で、小ぎれいに温かく眠れるのが嬉しかった。

だれかの「他のもっと安心できる場所を探したら……」という意見にも耳をかさず、「敵機が来たって、こんな目立つ家に日本兵がいるとは思わないから大丈夫。大丈夫ですよ」と頑固に意地を張る私だった。

〝理屈と膏薬《こうやく》は、どこにでもくっつく〟というやつだ。

いつものことで石井の手前勝手がはじまると、大人のみなさんは、「どうしようもねえ」といった顔で降参してくれた。

部屋の中を片づけたり、緊急の場合の逃げ場所を調べたりして、とりあえずは設営終わり。

テーブルの上に食べかけの食器が、そのまま残っていたが、よほどあわてて避難したのだろう。そのかわり火事泥式の被害はなかった模様で、家の中は整然としていた。

庭の井戸端でマンデーに汗を流し、食事の仕度をはじめる。

里村さんが米をとぎ、私は火を焚き、堺さんはお菜《かず》の仕度だ。絵の勉強で滞仏中、パリのアパルトマンで一番、ご飯の炊き方が上手だったと自慢する栗原さんは、飯盒のフタを叩いては飯の炊き具合をみた。

寝場所を決めたあと、私たちがすぐにとった行動は、炊飯の仕度だった。それは大陸兵隊生活の経験をもつ、里村さん、堺さんの戦訓になっていた。

里村さんは捕虜にしたニワトリを裂き、堺さんはまだ青いパパイアの実を細かく刻んで、岩塩の塩もみをつくる。

栄養のバランスもほどよい野戦料理だった。私やふたりの新聞記者が、手の出しようもなくお客様でいると、温厚な里村さんは、それを心配した。

「ここは戦場なんだから、自分ひとりのときでも、めしの仕度ぐらいできなければ、生きてゆかれんですよ」と。

軍国恋愛論

アエル・ヒタム第一日目は、西海岸道への連絡を待ちながら、原稿整理の日となる。

原稿の整理といっても、撮影済みのフィルム番号に合わせたメモに、データを入れて説明文にすれば用の足りる私は、怠け者の地金を出して、朝から遊び呆ける。

栗原隊長命令で、今日と明日を執筆の日と決められた里村さんは、

「弱ったなア、なにも書けないよ」と、しきりに髪の毛をむしっていたが、同じく堺さんも、

「憂鬱だなア」と、さも困ったふうに嘆いていた。

砲兵隊に配属して来た長屋記者も、堺さんと一緒に工兵隊を見て来た松本記者も、それほど書くことを面倒がらずにいるのに、作家の二人は、とり出した原稿用紙の前に座ろうともしないでウロウロ。里村さんの苦吟は、咆吼といった方が近かった。

私はみんなの苦闘をよそに、昨日の井戸端へ。はじめにマンデーをしてから、シャツや靴下や褌など汚れものの洗濯。

素っ裸のままの作業だが、その作業が終わるころ、最初に洗った褌は乾燥していて、即座に再使用が可能だった。

「みんなの仕事が進まないといけないから、僕たちは飯炊き……」と、そんな栗原さんの提案から、私と栗原さんは、炊事当番を受け持つ。

いつも若い私がやってもらうことを、ここでは逆に里村さんや堺さんのために動く

——そのことはひどく張り合いのある、作業に思えた。

日ごろヨコのものをタテにもしない殿様、ふたりの新聞記者は、さすがにエンピツ運びに精を出していた。

近ごろの私は、栗原さんの手をかりなくても、棒きれで飯盒のフタを叩いて、その音の具合で、おいしいご飯を炊きあげることができるようになった。

残り火で湯を沸かし、それをみんなの水筒に詰め、あまりでチャーチル給与のコーヒーや紅茶を淹《い》れたり、と捌《さば》く手つきは、東京の妹や両親にも見せたいものだ。

ひるめしの知らせに、あぶら汗を絞ってマレーぼけと戦っていた連中は、救われたような顔で、テーブルに集まってくる。

みんなの原稿が書き上がったのは、翌日の昼だった。

クアラルンプールを出てから、初めての戦線ルポを仕上げたペンの四人は、責任を果たした満足感で、幸福そうに見えた。

私たちは宿舎の裏庭に口を開けていた、爆弾の穴に円陣を布いて食事をとる。戦場らしい情景の中にポーズをとって、栗原報道小隊の記念写真を撮った。

構図をきめると、自動シャッターをかけ、私も急ぎ足でその仲間に割りこんだりする。

襟首まで垂れ下がった蓬髪。伸び放題のヒゲ。思えば用もないのに銀座を歩き、喫茶店のはしごをしていたころの私とは、見ちがえるほどの荒武者、従軍カメラマン。私はレンズに向かって腕を組み、胸を反《そ》らせたものである。

「今日はおれがご馳走をこしらえよう」

野戦料理が得意の里村さんが、まだ日の高いうちから、兵隊あがりの馴れた手つきでニワトリをさばく。

このニワトリは、じつは昨日ゴム林で見つけたのを悪戦苦闘、ようやくとりこにしておいた二羽である。

自転車行進がはじまればまた、兵糧はサーディンとコンビーフの罐詰だ。中国の醤《しょ》油《うゆ》のタレだが、やきとりがおいしかった。

栗原さんは、みんなの原稿を集めて、後方への連絡をとりに単身、自転車を走らせて行った。

原稿の包の中には、私の写したフィルムも入っている。無事に内地の大本営報道部へ届いてくれれば、私のマレー戦線記録第一報となって、東京の友人や家族の目にも入ることだろう。

六人の顔が揃った晩めしの食卓は、これまでに見たり聞いたりしてきた戦線エピソ

ブキティマ高地における栗原部隊。左から堺誠一郎、栗原信、里村欣三、著者。英軍の猛烈なる集中砲火を浴び、死を覚悟したという。(著者撮影)

ードや、東京の話や仕事の話か、そして故国に残して来た家族のようすなど、面白おかしく語り合って、楽しいひとときとなる。

しかし恋愛論がはじまると、私はいつも里村さん、堺さんと、意見を異にする。

「恋愛のできない人間が、ほかにどんな大切なことができるんだい」

「自分の一番欲しいものさえ獲得できない人間が、ほかになにをしたって、一生懸命になれはしないよ」というのがふたりの持論だった。

「それはふたりが育って来た時代の、思想だと考えるな。いまこの時代の若い男が、恋愛なんかに心を動かしているようでは、立派な人間とはいえませんよ。われわれには、その前にもっと生命をかけてやる、仕事があるはずですよ。国家的な」

私はポケットの従軍手帖にそっと挟んである、美しい女性、結婚を夢みた女性の写真のことは頬かぶりして、じつはそれほどたくましい男でありたい、自らへの願望を並べ立て、「国家的な――」というせりふの中に、もう何もいわせまいとする、強い意味をふくませていた。

「そうかねぇ。恋愛なんて、そんなもんじゃないと思うんだがな。君はまだ生命を賭けた、本当の恋愛をしたことがないんじゃないのか」と堺さんの言は、いつも痛烈である。そしてメスのように冷たく、私の胸を刺してくる。

恋愛に超然としたふうな口をききながら、そういわれてみると、二十六歳のこの日まで異性を愛し、愛されたことがない、などとは、うそにも口惜しくっていえなかった。それに私はまだ若かった。

死は覚悟とはいいながら、ただひとつの真実の恋愛も知らないで死んだ、などとは正直のところ、思われたくはなかった。

青春の虚栄、とでもいうのだろうか。私は矛盾でつぎはぎだらけになった自分の恋愛論を、怪しまずにはいられなくなった。

「どうも吠えているうちに、だんだん自分のいってることがわからなくなってきてしまったですよ。けれども少なくとも、私の場合は兄貴や弟を兵隊として戦場にゆかせているのに、自分だけが内地で安楽に、女の子と恋を語っているなんてすまない。そんな気がするんですよ」

「…………」

「だから、もし里村さん、堺さんのいうことが本当なら、ぼくも救われてありがたいです。お蔭さまで今度、無事に東京へ帰れたら、だれに恥じるところもなく、女を愛することができそうです」

まだ頑固に、割りきれないものは残っているが、大正リベラリストのリベラリズムに、私の軍国恋愛論は、あえない結末を遂げてしまった。気のいい里村さんは、自分たちの時代とはちがうから、あるいは君の説の方が正しいかも知れん、とそんなふうに言って、負け犬をとりなしてくれた。

栗原さんは傍らで終始ニヤニヤしている。

満月の夜行軍

原稿処理も終わったので、翌朝、アエル・ヒタムに出発する。

今日のコースは、まだ日本軍の踏み跡を見ない、マラッカ海峡側、西海岸まで二十一マイルの行程である。

赤道直下の太陽にあえぎながら、からだ中の水分の全部を汗に流しての行軍が、三日間もの休養で億劫になっていたのだが、自転車は快調で、はじめの一時間に十一マイルをとばした。

六人は百メートルずつの間隔をとり、一列縦隊で行進したが、尖兵を買って出た私は、終始トップをきって走る。

百メートルの間隔というのは、トップの私が英兵の待ち伏せに遭ったとき、後続の五人がとっさに退避できる距離であり、また尖兵の私が地雷を踏んでも、他の五人に犠牲者を出さない距離、としての思案からだった。

地雷を掘った穴や、素性のわからない現地民を横目に見て走るときは、ひどく心細い思いに襲われたが、尖兵が動揺していたのでは笑いものだ。私は冷静沈着を装い、表面だけは堂々と、銀輪で風をきった。

バト・パハト近くに達すると、屍臭が強くただよう。まっ黒になった英軍の遺棄屍体が、路上や溝の中に、さまざまな格好で転がっていた。

この辺一帯で展開された、わが西村部隊と英豪第八師団との戦闘の激しさが、肌寒い鬼気となって迫ってくる。

英軍の空襲と地上砲火と、海上艦艇の援護射撃に対し、正面から四つに組んで英軍の最強陸軍部隊、豪第八師団を、バクリの集落に包囲殲滅した西村部隊の戦果は、素晴らしかった。

センガランの集落に入ると、さらに大きな戦果が待っていた。

集落南方、英軍の背後にある橋梁を爆破し、その退路を遮断したため、正面から津波のひくように退却して来た敵大部隊は、逃げ場を失って数百輌の自動貨車、装甲車を遺棄、放棄して敗走して行ったのである。

赤く錆《さ》びた軽戦車、焼けただれてひん曲がった装甲車、蜂の巣のように穴のあいた自動貨車群、がくっと頭を地面に突っこんだ十五センチ重砲。いままでに見たこともない捕獲兵器の山であった。

路上一面に散乱した小銃、拳銃、機関砲の弾丸に足もとを奪われながら、私は角度を求めて、何枚もの写真を撮った。

「おい石井君、元気か。しばらくだったな」

うしろから肩をつかんで来たのは、クアラルンプール以来の中尾君だった。

西海岸のこの凄惨な戦闘に参加した、腕達者の彼のこと、きっといい写真をものにしているにちがいない。そう考えると私は、彼の武運にいくばくかの嫉《ねた》みを感じる。

「どうだった。こっちは凄いね。けれどいいもの撮れたろう」

解釈の仕方では、ずいぶん失敬なせりふだったが、私はただ羨ましい思いで、そんなことばを吐いていた。

中尾君は、そんなことはもちろん気にかけるようすもなく、

「写真どころじゃないよ君。毎日毎日、空襲と艦砲射撃を食ってみろ、参るぜ」と。

でも、口ほどに憔悴している気配はみえない。

「ただ、ムアールに夜襲して来た敵機の照明弾を、タイムで取っているから、こいつ

はちょっと面白いぞ。椰子の木が、シルエットで入っているんだ」

彼の口のあたりには、さすがに誇りがましいものが浮かび出している。

私は東京の仕事先で、彼と取材競争をしていたころを思い出した。

「じゃまた、元気でな」

中尾君は自分の部隊の移動がはじまると、そんな声を残して、トラックの荷台に乗りこんで行った。

西海岸沿いの道路は、いままでの中央道路とはちがった明るい、いかにも南国といった感じをあたえる。

カンポン・レンギト付近にさしかかると、また胸の悪くなる臭いがただよう。百メートルほど前方に、黒焦げになった英兵の遺棄屍体が転がっていた。

私は五十メートル手前から、呼吸をとめて臭覚を絶ち、視線をまっすぐ上方の彼方に釘づけにして、自転車の速度をあげる。しかし、正視を避けた、その黒い物体が動き出したのには、息を呑んだ。

動き出したのは、二メートル近い大トカゲ（コモドドラゴン？）だった。

腐肉に貪欲な食欲を満たしていたそいつは、近づく自転車の音にあわてて、路傍の草むらに逃げこんで行ったのである。

長い尻尾をひきずって、ドタドタと、しかし敏捷な動きで這い逃げて行く格好は無様だった。

辛いことに、チャーチル給与の罐詰、サーディンのケチャップ煮がのどを通らなくなったのは、これから以後のことである。

私たち六人は、砲声を追って西海岸に出て来たのだが、中央道の松井部隊は、そのままの勢いでシンガポール上陸をやりかねない、怒濤の進撃をつづけている。遅れをとっては、チャンスを逸してしまう。

折からの満月を利して、夜行軍を決意する。ジョホール名物の虎も、敗残兵の出没する夜道も、いまは運を天にまかせる気持ちだ。

いっときの軽いスコールがあがると、蒼い空に満月が顔を出した。そしてその方向の空から、友軍機の爆音がしきりに聞こえてくる。数えきれないくらいたくさんのサーチライトが、わやわやと月明の夜空をかき回している。

「あすこがシンガポール要塞か」いつも小声で、囁《ささや》くようにボソボソとものをいう松本記者が、さらに敵さんに聞こえては一大事、といった調子の小声でつぶやく。

シンガポール島は、思いがけない近さに出現したのである。

零距離射撃

昭和十七年二月一日、スクダイの街に着く。カンポンラジャの高地を強行突破して来たのに、ジョホール水道を挟むここは、なぜか敵も味方も、深い沈黙のままである。左翼に陣どった西村部隊正面に、ときおり彼我の緩慢な砲声の応酬を聞いたが、ジョホール・バルウが陥ちてから、幾日も幾日も無気味な沈黙がつづく。

かつて軍楽隊に籍を置いていたという、異色の新聞記者長屋氏は、肌が合うのか西海岸以来の近衛師団、西村部隊を訪ねて行き、松本記者は右翼の牟田口部隊（九州・筑紫十八師団）を追って行ったので、自転車報道小隊も栗原画伯、里村さん、堺さんと私の四人になってしまった。

遠雷のような砲声が、たてつづけに響いてきた。とっさにシンガポール島の空をうかがうと、さっき七機ほどの編隊を組んで南下していった、日の丸の爆撃機の周囲に、くらげのように白くふわふわした高射砲弾が、いくつも幾つも浮かび出している。澄明な天空一面に張りめぐらされた高射砲弾幕の中を行く、一糸乱れぬ爆撃編隊の光景は、大いに写真的だ。

もちろん何枚かのシャッターはきったが、十キロに近い距離に、望遠レンズさえあったらなア、と、髀肉の嘆をこぼす。

午後四時、といっても、現地時間は午後二時の暑い日盛りだったが、対岸のシンガポールを目近かに見ようと、四台の自転車を一列縦隊に、ジョホール・バルウへ走る。

ジョホール王宮裏の高台に、鯉兵団の松井師団長を訪ね、現時点における戦闘状況の説明を聞いた後、兵糧をととのえてタートする。

道標五マイルを過ぎると、いきなり右側の視界が開けて、ジョホール水道に沿う道路に出る。

右側足下から、ちりめんじわの水面がせりだしてきて、その向こう一キロの対岸に、暗緑色の島、シンガポールがうずくまっていた。

ジョホール水道を距《へだ》てて、英軍トーチカの前に隠れ場所もなく、全身を曝《さら》す地形になるから、この道は避けるように、と松井師団長から注意を受けて来たばかりなのに、私たちの判断は、真剣さを欠いていたようだ。

トーチカの銃口を前に、いまさら躊躇《ちゅうちょ》、逡巡は許されない。

私は一目散にペダルを踏んだ。二つの足は機関車のピストンのように、逞しく自転車の速度を上げた。風をはらんだシャツが、落下傘のように背中にふくれた。

向こう岸に赤黒く地肌を露出した丘が見え、そこからは黒煙が天に柱をたてているかのようだ、テンガー飛行場と教えられた方角である。

つぎに一面の密林。点々と白壁の民家。横長の赤い屋根は兵営か。重機関銃の照準をつける英兵の幻影が、大きく映る。

汗が塩っからく眼にしみる。眼鏡も、鼻のさきまでずり落ちてくる。

炎上するシンガポールの重油タンク。シンガポール島を偵察していた著者は英兵の猛射をうけた。

シンガポール島偵察などと、聞こえのいいことをいってておきながら、この場になって私のやっていることは、ただひとつ全身でペダルを踏んでいる、それだけだ。少しでも速く走っていること、それだけが後から追いかけてくる、死の運命から逃れられるものと、信じた。

左側を小高い丘の、住宅地帯にした四マイルの沿岸道は、どこまで走っても、なにひとつ遮蔽物のない水際に、私たちを曝した。ずいぶんと長い距離、時間だったが、なぜか千メートルの対岸からは、一発の銃声も起こらなかった。

ジョホール州庁の白い近代建築の前を通過すると、爆薬に削りとられたコーズウェイが見えた。鉄塔の林立するセレター軍港も……。

「見えたぞ」

ここで初めて後ろを振り返り、二番目について来ているはずの、堺さんに声をかける。それは無事生きているという、歓喜の声だったかも知れない。しかし、堺さんの姿はなかった。もちろん里村さんも、栗原さんもいない。

若い私が恐怖のあまり出したスピードが、はるかの距離に三人を落としていたのだ。

ジョホール・バルウの市街に入ると、そこは散乱する鉄片と硝煙の臭いに、まったく死の街と化していた。

辻角に着剣した二、三人の日本兵がいただけで、動くものは、餌を探しあさる野良猫の群れだけだった。

　私は敵さんの眼を警戒しながら、コースウェイに抜ける正面の街路にからだを伏せ、廃墟の街と対岸の丘や林を、レンズに収める。

　画面に、とかく添景人物を欲しがるのは、私たち新聞社カメラマンのくせだが、ここでは、人間の姿がないからこそ、余計に凄惨な空気がつかみとれそうな気がした。

　堺さんが追いつき、里村さん、栗原さんも、はァはァ息をきらしながら、無事に姿を見せて来た。

「君は速いなア」と里村さんはうらめしげに言う。二十歳の年齢差が出てしまったのだ。

　四人が揃えば永居は無用だ。

　対岸の眼が四人の行動を監視していたことは、疑う余地もない。われわれが街の中で、なにをはじめるのかが、関心の的であったにちがいない。

　いつ彼らが、得意の集中砲火を浴びせてくるかわからない。不安がつのる。私たちは帰路を、遠回りの丘伝いにとった。

「今日は鍛えられたなア。ゲマス以来、こんなに昂奮したのは初めてだ」

　緊張がゆるむと、また私の冗舌がはじまる。

　さっきの半泣きで突っ走っていた、あの意気地なさは、もうだれか他人のものになって恐怖の四マイルを先頭で走ったというなにかが、ひどく誇らしいものになっているのだった。

対岸から轟然、砲弾を叩っこんできたのは、私たちが街はずれにかかったころだった。さっき私がファインダーを覗いていたあたりだ。

零距離射撃——いつもの音とちがうのは、ドンガン、ドンガン。コースウェイを挟んで、射程わずか千メートルの砲弾は、発射音と同時に着弾し、炸裂音が聞こえてくることだった。

「ははぁ、やり出したな」

栗原さんが、速く引き揚げて来てよかったなとでもいいたそうな表情を見せる。

いまごろになって撃ち出している敵の大砲——なぜさっき撃たなかったのか、私たちは理解に苦しみながら、丘の登り道を、スクダイの泊営地に急いだ。

重砲の兵隊

昭和十七年二月五日——

今暁来、シンガポール牽制砲撃を開始する。友軍の砲声は、全線に轟き渡った。

私はジョホール・バルウの東方、セレター軍港の正面に布陣する近衛野砲の野村部隊を訪ね、栗原さんたち三人は、最左翼の岩畔《いわくろ》部隊を訪ねて行く。

報道班員が来たのは、開戦以来初めて――とかで、

「まあ、ゆっくりして行って下さい。今日はこれからまだ、いくらでもぶっ放します」

野村部隊長はそんなふうに言って、擬装網におおわれた砲陣地に案内し、連絡兵をつけてくれる。

そこではちょうど、セレター軍港から姿を現わした英海軍の高速艇を追って、十センチ榴弾砲が、ずんぐりした砲身から、火を吐いているところだった。

発射のたび、爆風の衝撃に全身がしびれる。丸太ン棒で打ちのめされたような感じだ。さすがに十榴の斉射は凄い。

成功は覚束ないが、砲弾がとび出す瞬間を撮ってやろう、の大野心に、発射の合図とともに、私の指はシャッター・ボタンを押していたはずだが、爆風の煽《あお》りで一瞬の間は失神、シャッターがきれたのかどうか、ひどく心細い作業だった。

「右なん十度、距離四千四百メートル」

マングローブの密生した、水際まで進出している観測隊から、一発ごとに弾着の結

果を知らせて来る。それを受けた通信兵は、怒ったような大声で復唱し、照準手に伝える。

しかし、敵も黙ってはいない。対岸からずしりと重みのある砲声が響いて来る。ピューン……敵弾は頭の上に唸りをあげて、二百メートルほど背後の路上に炸裂した。さっき私が、自転車でやって来た道、その辺りには野砲が、やはり陣を布いていた。

「やられてやがるな、後ろの連中は……」

重砲の兵隊は、そっけない軽口をたたいて、野砲の戦友たちを笑っている。着弾の近いとき、だれでも陥る心理状態を知っている彼らは、いまあわてふためいているであろう戦友たちの姿を想像して、おかしがっているのであった。

敵高速艇は、至近弾にあわてて回れ右をして、セレターの港内に逃げこんでしまった。

「畜生、逃げられたか」

止めの一発はお見舞い仕損じたが、兵隊たちは淡々とした表情だ。

激しい撃ち合いは小半時もつづいたろうか、やがて敵も味方も、砲火の勢いをゆるめて、静かな沈黙に入る。

私は対象を変えて、後方の野砲陣地に移動する。

この辺には珍しく、密林が伐り開かれ、開豁地が、野砲に陣地を提供していた。

「ここなら明るくて、速いシャッターがきれるわい」などと独り言をいいながら、草いきれのひどい原っぱを、擬装した野砲の陣地へ歩いてゆく。

どこからかプロペラの音が、低空を這ってくる。

「こらっ、かくれんか」

五十メートル向こうの擬装網の中から、兵隊の怒鳴り声があがる。

「敵機！」私はあわてた。しかし、こんなだだっ広い草原だから、どこへからだを隠す場所もない。

プロペラの音は、ぐんぐん近づいて来る。私はそこに一メートルほどの草むらをみつけると、躊躇なく頭から突っこんで伏せる。そして、夢中になって雑草をひきちぎり、背中にのせる。カムフラージュだ。

緑の草原に、カーキ色の服が寝ころんでは、結果は明らかだが、そうせずにはいられなかったのだ。

そのとき、素早い動きで、腕の下からとび出したものがある。

毒蛇？　私のからだは一瞬、宙に浮いた。しかしそれは、脚を踏んばって、五十センチもあろうかと思える大とかげであった。いつか西海岸で腐肉を食っていた、あれとはちがって、のこぎりのような背びれを立て、全身は濃い緑色で鈍く光る。絵本で見る恐龍にそっくりなやつである。

棲み家を荒らされた恐龍君は、長い尻尾をひきずって逃げ出したが、一メートルのところでくるりと向き返り、O型に湾曲した前脚を踏んばって、私の狼藉に大憤慨の表情だ。

敵機を頭上にし、眼前に怪獣。私はそーっと犬でも追い払うように、シッシッとやってみるのだが、小さな怪獣君は、目ばたきもせずこちらを睨んだまま、動こうとはしなかった。

腕時計がチカチカ、気ぜわしくセコンドを刻んでいる。額に油汗がじっとり。そんな睨み合いを引き分けにしてくれたのは、いきなりたてつづけに鳴り出した高射砲の音だった。それにつられたのか、対岸の砲火も猛烈な斉射を浴びせて来る。

ピュウンと唸りをあげて飛んで来る敵弾、そいつがまるで機関銃のように絶え間ない。

「こっちへ来い」兵隊の呼ぶ声に、私は夢中で駆け出し、掩蔽壕の中へ屈《かが》みこんだ。

英軍は釣瓶《つるべ》うちの一斉射撃を十五分もつづけると、気がすんだらしく、だんだんと鳴りを静めていった。

「敵さんのやつ、よく撃ちやがるな。なにしろ一発撃つと十発ぐらい、いっぺんにお返しをして来やがる」

砲声の途切れた壕内は、兵隊たちのおしゃべりで、急に賑やかになった。

高射砲の炸《はじ》ける音に仰天した恐龍君は、無事だったろうか。

撃ち合いが一休みとなったところで、日英両軍の砲陣地も、夕暮れが近づいてきたのと一緒に、鳴りを静めていった。

私はカメラを畳《たた》むと、ジョホール・バルウ西方のカンポン・スクダイに帰途を急ぐ。

途中、ヘッドライトを点灯した兵站《へいたん》トラックが、列をつくってしきりに移動している。この方面に日本軍が集結している、と英軍の目を誤魔化すための陽動作戦と聞く。

それより私の気持ちが急いでいたのは、仮宿舎にしているスクダイの村はずれにある、インド人難民の屯《たむろ》するテント村を訪ねるためだ。

そこには、日本人の経営をする農園で働いていたという、日本語の話せる中年の上品なインド人女性と、医学生という若いインド人女性エリスがいたからだ。

インド避難民の状況を撮影に行ったおり、仲良しになった私たちだが、ふたりは兵隊服の私を恐れる気配もなく、温かい笑顔で接してくれるのであった。

皮膚の色の異なりはあっても、私は知的でノーブルな表情をただよわせるエリスと、ことばを交わしていると、血なまぐさい戦場にいることも忘れて、仄《ほの》かに満ち足りた心になるのであった。

「君はもう写真撮るのなんか止めて、エリスとベビー・プロダクション（そんな英語があったかな？）でもやれよ」

ときおり行方不明になる私の行動を怪しんでいた栗原、里村、堺さんの三人に、ついに挙動の不可思議がばれた。そのとき期せずして、おかしそうに私を非難したことばが、それだった。

三日目、私たちは行動の秘密を守るため、彼女たちに「さよなら」もいわず去って来てしまったが、申し訳なく思っている。

第三章　敵前渡過

父母への遺書

昭和十七年二月七日、快晴――

シンガポール島の中央部から立ち昇る煙は、無風帯に動かず、黒い入道雲となって、まっすぐ数千メートルの高空にそびえている。

栗原、里村、堺、そして石井の四人は、菊兵団牟田口部隊に追随の命令をうけ、スクダイの宿所をあとに、西方にゴム林をくぐって、自転車のペダルを踏んだ。

シンガポール島上空には、白く飛行雲を曳いた我が空軍機が、心ゆくまで大空の饗宴をくりひろげている。

そして、テンガー飛行場と思われる辺りから撃ち上げる敵高射砲は、高く低くそれを狙って、空中にくらげのような弾幕を張っていた。

英軍の眼をくらませながら、工兵隊が切り拓《ひら》いたブッシュの中の道を進んで行くと、速射砲の兵隊が泥んこになって、ぬかるみに喘《あえ》ぎつつ、動かぬ砲車を押していた。その傍らを私たち四人も自転車をかつぎ、膝まで吸いこまれながら、深い湿地帯を泳ぐように匍《は》った。

一時間ほど前、ピンポン玉くらいの雨粒を叩きつけてきたスコールが、泥沼をつくっていたのだ。

「報道班の人たち、大変ですね。だが、ここから先は、そんな自転車、捨ててしまわないと、とても前進なんかできませんよ」

非戦闘員の苦行をみかねたらしく、からだの大きな、いかにも強そうに見える山砲の少尉が、豪傑口調の九州弁で、親切に頭の上から怒鳴った。

「はァ、でもこれも兵器ですから……」

がんこな栗原さんは毅然とした態度で、そのことばをさえぎってしまった。少尉の怒鳴り声に、甘く崩折れそうな私の弱気は、いつものようにまた、横っ面をぶんなぐられたことになる。

私は厄介ものの自転車に音《ね》をあげて、荷台にくくりつけたリュックサックから、まだ一度もウデを通したことのない着替えの下着と、チャーチル給与のサーディンや肉の鑵詰、五十本入りのパイレート鑵二コを、後続の兵隊たちの目のとまりそうな椰子の根もとに置き、兵器以外の所持品は、数片のビスケットを残して全部を捨て、荷を軽くした。そしてまた、泥の中にあえぐ。

午後八時三十分、精も根も尽きはてたとき、ようやく湿地帯の行軍は止まった。私たちはその地点で、渡過の順番を待つことになった。

夕闇が辺りの視界を消そうとして来た。私は写真機をとり出して、西の空に残る最後の夕映えをたよりに、予定された二四・〇〇（午後十二時）の渡過時間を待つ兵隊の群れを写した。

〝鞭声粛々〟――咳ひとつ洩れてこない静かな集団だった。

死の恐怖――それも、もうどうにもならぬ運命の支配下にあるのだ、と覚悟がつけば、不思議に心は平らになる。

私はシャツの胸ポケットから手帖をとり出し、軍靴でこねくりかえされた泥んこの壕の上に腰を下ろして、これから直面するであろう死の場面を想い描きながら、父と母あてに遺書めいたものを書きこんだ。

「私の死を聞いても、力を落とさないで下さい……何とぞ、皆様によろしく」で終わる数行は簡単だった。

しかし、字にこそ書かなかったが、己れの二十五年の生涯に、「一体、オレは何をして来たのだろうか」そんな想いに胸を叩かれると、愕然、さっきの平安がまたたくうちに、冬木立のように寒々寂寞の姿に変貌してしまった。

ジョホールの闇

シンガポール島に対し、ジョホール水道一帯数キロに陣を布いた我が砲列の一斉射撃は、右翼から左翼までいよいよ熾烈の度を加え、戦機は熟しつつ辺りは、まったくの闇と化した。

一弾ごとに鋭い閃光を放つ友軍の砲陣地は、まるでイルミネーションが明滅するように、一ヵ所が消えると、すぐにまた他の一ヵ所が光る。かと思うと、あるときは全部がいちどきにパッと、昼のように明るく閃くこともあった。

熱鉄の砲弾は、お互いの肌をこすり合うように競って、われ先に敵陣へ突進して行くのである。

シンガポールからジョホール水道をのぞむ。中央に見えるのはコースウェー橋。猛砲撃をくりかえしたのち、日本軍はぞくぞくと上陸していった。

里村さんのことばを借りていえば、「熊の掌で頭を押さえられたような重苦しい」瞬間が、絶え間なくつづいた。そしてだれもみんな、押し黙ったままだ。

いま、これから自分たちが直面する事態が、あまりにも壮絶で、大きすぎるからであろう。

寒い。どのくらいの時間、そうしていたのであろう。私は昼の疲れが出て、いつの間にか眠りに落ちていた。

熱帯とはいえ、しんしんと更《ふ》ける夜の冷気が、私をふたたび戦陣の人間に呼び醒《さ》ましたのである。そのまましばらく仰向きになっていると、空にいっぱいの星屑がきらきらと、透明な蒼さでまたたいていた。

だが、なんとしても寒かった。丹念にこねあげた上等の壁土のように、どろどろにぬかるんだ地面が、私のからだからすっかり熱を奪いとってしまって、まるで墓穴の中に横たわるミイラのようだった。

このまま冷たくなってしまうんではと、私はへんな錯覚に襲われ、小声で洩れてくる仲間たちの円陣に匍《は》ってゆく。

向かって右手、西側にあるランジャン要塞からは、ジョホール水道の隅々に、真昼のような探照燈の照射がつづいている。

左肩をこころもち斜めに傾けた南十字星が、正面の空に、暗示的な瞬《またた》きを投げていた。

午前十二時十六分、青い信号弾が流星花火のように左翼正面に上がり、つづいて間髪をいれぬ早さで、赤の信号弾が、その南十字星の真下に光る。

シンガポール島上陸成功の合図である。最初の青い信号弾が上がった刹那、隣りにいた兵隊が、口惜しそうにつぶやいていた。

「青吊星だ。鯉部隊（広島・五師団）に、先手を打たれちゃった」と。しかし、寸秒の差で打ち上げられた赤い信号弾に、「バンザイ、バンザイ」の声があがる。

兵隊も私たちも、煙草を吸うことと高声を、固く禁じられていたが、低い、下ッ腹から絞り出して叫ぶ歓声は、地を匍ってジョホール水道の闇をどよもす。

私たちはもう、じっとしてはいられなくなった。そして暗闇の中に隣り近所の、だれかれともわからず手を握り合った。

従軍特派員たちは昂奮を抑えながら、夜光時計に現在時を調べたり、周囲の空気、兵隊たちの動きに観察の目を光らせている。しかし、煙草の火さえ禁じられたそこでは、光線を失ったカメラマンたちは撮影不能に、無念の涙を呑むほかなかった。

気がついてみると、朝から凄絶をきわめた、あのわが方の猛砲撃は、急速に鳴りをとどめ、それに代わって水道を隔てる一キロの対岸から、聞き覚えのある友軍の重機関銃が、荘重な律動を刻んでいるのが聞こえてくる。

担架の列

「出発用意」

命令が前方から伝わって来た。重たい自転車を引きずって渡過点に前進、整列する。

海峡の水面が、鈍く星空を映して私たちの前に、ゆったりとひろがった。そして、思いがけない近さに、シンガポール島の岸辺があった。

大発（ベニヤ板製の上陸用舟艇。エンジン付）を操る船舶工兵からの乗船合図を待つ間、私はうっと下腹に力を入れてみる。

しゅっ、という短い唸りと、ダカンという炸裂音が、私たちの横っ面をひっぱたいたのはその瞬間である。

いきなり五、六発の敵弾がとんできた。私はせっかく乾きかけた防暑服のからだを、ふたたびぬかるみの中に腹ばい、というより野球選手の盗塁のように頭から滑り込んだ。

栗原さんも、いち速く伏せた。鈍重というのか、戦場ずれというのか、いつもスローモーションの里村さんが、堺さんにうながされて私の横に伏せた。

着弾の正確さから推して、この渡過乗船地点も、英軍砲兵に感知されたらしい。連続的な集中砲撃だ。英軍得意の戦法である。

地響きをたてて、身近に砲弾の落下するのは、堪えようもない恐ろしさだった。

上陸用舟艇を扱う船舶工兵も、渡過上陸に向かう歩兵も、いったん後退して時機をみることになった。

報道小隊長田村少尉の指揮下にある従軍記者団は、闇の中を手探りで、後方へ避退して行った。私もそこに邪魔ものの自転車を放り出したまま、田村少尉のあとを追う。しかし、よほど慌てたらしく、一緒に伏せていた三人の仲間を置き去りにしてしまった。

着弾に追われるように、田村少尉以下記者団は、二百メートルほど後方の凹地に、待避していた。

背を丸めて駆けて行くと、その慌てぶりがこっけいだったとみえ、ニヤッと笑った男がいた。徴用仲間の中尾光夫カメラマンだった。

ひとりひとりの顔が見分けられるくらいに、東の空が白んできた。夜が明けては、敵さんの観測陣の好餌となってしまう。みんな、まなじりを吊りあげたまま、日ごろの冗舌を失っていた。

明るくなっては事面倒、と意を決した田村少尉は、「宣伝班集合」を命じた。

別れていた栗原さんが現われた。

「どうしたんだい。心配したぞ」

懐かしい声だ。里村さん、堺さんも、相変わらず自転車を引っぱって、怪我もないようすだ。

お互いの無事を喜び合う暇もなく、私たちは砲声の絶え間を利して、上陸用舟艇に乗りこむ。

四人で力を合わせて、お荷物の自転車を舟底に放りこんだが、死物狂いの船舶工兵が、「そんなもの捨てろ」と怒鳴っていた。

舷側に上半身裸の兵隊が横たわって、動こうとしない。厚い胸板を小銃弾が貫通した、イチコロの戦死体だった。

艇が岸を離れると、私は鉄帽の紐を結びなおし、写真機と水筒と雑嚢を肩にかけ、右舷モーターの前にできるだけからだを低く、うずくまった。

船首正面のシンガポール島は、ゆるい稜線を曳いたマンダイ山の肩越しに、噴火山のような黒煙を吐き、火焔が赤く天を染めている。

「さっき盛んに撃って来たのは、その突端からだよ。この前のときは、滅茶苦茶に機関銃を撃って来やがったんだがー」と頭の上の一段高い板の上で、浮き胴衣をつけた兵隊が、だれにともなく説明していた。

この兵隊は、第一次の上陸部隊を渡してから、これで何回目かの渡過なのである。敵弾の下を潜って、ひたすら自己の任務に挑んでいる姿は感動的だった。

ジョホール水道を渡る日本軍の自動車部隊。著者は上陸用舟艇に乗り込んで、はげしい銃声が鳴りひびくシンガポール島へと向かった。(著者撮影)

白明の天空に、竿を操る兵の姿が影絵に映っている。私は二度三度、からだを伸ばして燃えるシンガポールを背景に、その兵隊のシルエットを写す。

撮影条件としては、ひどく不安なものであったが、凄惨な近代戦が描きだした一瞬の情景に、私はそうせずにいられなかった。

右前方、島の西側の丘陵から、しきりに砲弾が飛んで来た。岸が近くなると、四、五十名の兵隊が、水面から十メートルくらいの崖になっている斜面に、ピッタリ身動きもできない態勢で吸いつき、崖の上に頑張っている英兵に手榴弾を投げて、白兵戦を闘っているのが見える。

ガガガッと、私たちの艇が、舟底を浅瀬に乗り上げて動かなくなった。

さっき手榴弾を投げ合っていた地点から、二百メートルほどの水際だったが、こちらの英兵は敗走して、一人もいなかった。

リュックサック一つの、身軽な特派員たちは、艇から飛び下りると、ぬかるみに足もとを奪われながらも、勢いよく崖をよじ登って、銃声のひときわ激しい丘の上に前進して行った。

非戦闘員とはいえ、世界の驚異をなし遂げたこの昂奮を、彼らのペンはどのように捌《さば》くだろう。

自転車を持つ私たち四人は、岸辺から急角度にそそり立つ崖に挑戦して、上部の平坦地に登ろうとするのだが、何度も何度も滑落の失敗を繰り返す。車輪もチェーンも泥がつまって、ハンドルさえもが動かなくなってしまった。

最後に堺さんの提案で、携帯していたロープでひきずり上げる。しかし、四台の泥んこ自転車が崖の上に並んだときは、従軍記者や報道班の一隊はとっくに前進していて、だれひとりの姿もなかった。

栗原小隊の四人は、軍命令なしでも行動の自由を許された民間人ばかりだ。独特な編成にあったので、菊兵団（牟田口師団）配属の報道小隊長田村少尉は、その指揮下から、私たちの解放を計ったらしい。

私はとり残された、心細さを感じた。

崖の上の平らな草っ原には、もぐらの住家のように敵の散兵壕が掘り巡らされていて、草むらにはまた蛇腹式の移動鉄条網が、くもの巣のように張ってあった。

担架をかつぐ衛生兵の一群が、ゆっくりした歩調で、戦線正面から戻って来た。負傷兵をいたわる衛生兵は、肩に食いこむ担架の重みに歯を食いしばりながら、滑る湿地を一歩ずつ慎重な足どりだ。仰向きに寝かされて、空の一点を瞬《また》きもせずにらんでいる兵隊。腹ばいになったまま、まなじりも切れそうに両眼を見開いた兵隊。第一線の戦闘がいかに激しいかを物語るように、あとからあとから負傷兵が運ばれて来る。

私たち四人は、道端に立って担架の列を迎え、そのひとつひとつに目礼をして、励ましと慰めのことばに代えた。

しかし、ときたま、焦点のうつろな兵隊の視線が、私の視線にぶつかって来るときがあった。

「いい身分だな」

無言の、その表情から聞こえてくる叫びに、私はどぎまぎする。

頭の上に砲弾が唸った。振り返ってみると、さっき自分たちが舟艇に乗りこんだ辺りに敵弾が炸裂した。花火のかんしゃく玉を投げたみたいに、小さな灰色の硝煙がとび散っている。

驚いたことに、その灰色の硝煙を縫って、大型発動艇に乗った山砲が、朝の光をまっ正面にうけて渡過して来る。

夜はすっかり明けた。南国特有の美しい紺青の空に、数えきれないほど沢山の友軍機が、活躍をはじめている。

英戦闘機ホーカー・ハリケーン。英空軍戦闘機用兵思想が生んだ7.7ミリ機銃8基という独特の小口径多銃装備を実用した近代的単葉単座戦闘機。

この戦線のどこに、こんな沢山の飛行機が潜んでいたのだろう。しかし、遠くジョホール・バルウの空一帯に、高射砲の弾幕が張られているのは、英空軍機も反撃しているにちがいない。

エンジンの爆音も高く、金属性の唸りをたてて、友軍の重爆撃機が椰子の木のこずえをかすめて行った。と、その背後を、引込脚の低翼単葉に液冷エンジンのとがった機首を持つ敵戦闘機が、追尾している。

「ハリケーン！」私は、思わず手に汗を握った。

しかし、見る間に味方の戦闘機が現われ、そのうしろに食い下がった。

そしてホーカー・ハリケーンは、胴体から白い糸のような筋をひきながら、丘の向こうに機影を没した。

無念の思い

私たちはからだを低くして、入江を隔てた左方の丘から飛んで来る流れ弾丸《ダマ》を避け、兵隊の見えなくなった道に、重たい自転車を押していた。英兵の死体が幾つか転がっていた。哀れ、とは思うが、その横を無感動の表情で通り抜ける自分が不思議になる。小心のくせに、だ。

前方のゴム園と椰子の木に囲まれた農家の庭に、先行の記者団が集結していた。みんな、それぞれの形で地面に座り、原稿用紙に鉛筆を走らせている。投げ出した足の上に、リュックサックをのせて机の代用にしているもの。曲げたひざに分厚い原稿用紙をあてて書くもの。どの顔も、抑えようとするが、昨夜来の決死行を伝える昂奮が、面上に溢れている。

カメラの連中は、弾雨の中に身をさらして得た貴重なフィルムに、詳細な説明記事を入れて、原稿整理をしている。

東日の安保久武君がいる。朝日の影山光洋君がいる。そして読売の宮崎泰昌君もいる。

東京にいるときはみんな、特ダネ写真を競った仲間だが、また友人としても親しい諸君だ。

彼らの原稿フィルムは、いまこれから連絡員のひとりによって、後方基地の宣伝班本部に送られ、そこからすぐに待機中の輸送機で東京の各本社へとどけられることになっている。

三日の後には、日本中の新聞に〝ナニナニ特派員発シンガポール島敵前渡過〟の第一報が、華々しく紙面を飾っていることだろう。

彼らも永いカメラマン生活の間に、きょうほど歓喜にふるえた日はないにちがいない。真剣な表情で原稿と取っ組んでいる彼らの横顔に、私は羨ましいものを見た気がした。ひげ面にやつれたほおも、心なしか誇りがましいものさえたたえていた。

私のカメラ（ドイツ製・テッサーF二・八レンズ、セミ・ブローニー判十六枚撮りスプリングカメラ）バルダックセッテの中にも、きのう暮れ方に写した敵側の高射砲弾幕や、息詰まるような渡過前の緊張のひとときや、それにけさ払暁からの数枚が収めてあるのだ。

新聞・報道写真として、立派に生きる原稿を、内地輸送便があるのに、むざむざりュックサックの底に眠らせておくなど、耐え難い思いだ。

彼らの原稿と一緒になんとかして、私のシンガポール上陸の記録を東京に送りたい。そんな気持ちに焦ったのも、永年鍛えあげられて来た新聞カメラマンの習性、とでもいうのだろうか。

しかし、新聞社の特派員と、徴用の身の宣伝班員とは立場が異なる。私は自分の無念を抑えるしかなかった。そして無念がもうひとつ。カメラの中のフィルムは、もう半分近く消耗し、残っている雑嚢の中の予備フィルムも、二本しかないこの場で、一枚のフィルムの無駄も許されなかったのである。

しかもこのフィルムは、ゲマスの街はずれで逢った撮影小隊の長内少尉に、拝むようにして譲り受けて来た八本のフィルムのうちの、残った三本なのであった。

戦場という絶対の世界に行動している私にとって、どんな些細な現象も、写真の対象にならないものはなかった。もしも豊富にフィルムがあって、後方からの補給が保証されるのなら、二本のセミ判フィルム三十二枚を写し終えるのに、一時間を必要としないであろう。

それなのに一週間、遅くて十日間はかかる、と教えられていたシンガポール陥落の日まで、このわずかなフィルムで、世紀の記録を残す使命を果たそうとする私だった。

里村さんも、堺さんも、きょうは原稿を書かずに座りこんだまま、従軍記者たちのきびきびした仕事ぶりに感嘆の目を向けている。

武器を持たない特派員たちは、英兵の敵ではなかったが、英軍より恐ろしい敵はライバルのお互い同士である。紙面競争に闘志を燃やしている顔が真剣だ。

東京ならオートバイをぶっとばしている連絡員が、ここではまめに立ち回って、自分の社の記者に朝めしの仕度をしている。

火を燃やすことは許されなかったが、飢《ひも》じい思いをさせまいと、自分の飯盒からきのうのあまりを出して食べさせている。

栗原小隊の私たちも、リュックサックから乾パンとミルク罐を出して腹ごしらえだ。胃袋は塩っ辛いたくあんを要求しているのに、甘いミルクは閉口だった。そして干潟のように乾いたのどに、かみ砕いた乾パンが砂のようにひっついた。

水筒に残った貴重な水一滴で、のどをうるおす。

金髪の一束

はるかの上空で、飛行機の爆音がする。グーン、グーンと全開エンジンの響きが二度ずつ、同じ秒間隔で空気を震《ふる》わせてくる。

空中戦を展開しているらしい。豆を煎《い》るときとそっくりの音で、機銃の撃ち合いも聞こえてくる。

どの辺でやっているのか、やたらにひろがった椰子の葉が空間をせばめていて、機影を見ることはできなかった。

パシッ、といきなり鞭をうつような固い音が、私たちに影をあたえていた椰子の木のこずえに刺さった。

流弾、と思う間もなく、そこにあった人影は、いっせいに平くものように地面に吸いついていた。

「………」無言の数分がつづいた。しかし、弾丸は一発だけで終わった。

「流れダマだろ」

「そうだ、流弾だ」

そんな短い会話をやりとりしながら、原稿を書き上げた記者たちは、チーズの塊りをおいしそうにほおばっていた。

ドドドド……重機の音が遠くなる。英軍が退却したのだ。

私たちは、友軍重機の音を追って前進する。原稿と兵糧を詰めこんでいるうちに、友軍部隊と離れてしまった不安から、思わず早足になっていた。

兵隊が倒れている。日本兵だ。顔は横にしているが、身体は伏せて、敵陣に迫る格好だ。

頭を下げて黙禱を捧げ、その傍らを通り過ぎる。

さっきまで機関銃を撃ち合って、猛烈な抵抗をみせていた敵の前衛拠点にぶつかる。倒れた幕舎には、数えきれないくらい沢山の手榴弾や小銃、弾丸が遺棄してあり、それにまじってウィンチェスターの紙巻煙草、味つけの食パン、ベーコン、チーズ、バター、ジャム、コーヒー紅茶の罐詰などが散乱している。ゴムの木の枝には、幾つもの牛肉の塊りがぶら下がっていた。

敗走した英兵の、数十分前の狼狽《ろうばい》ぶりが、手にとるように見えた。

好奇心、というよりも少しいたずらっ気を出して、私は足もとに転がっている英軍の雑嚢を拾い上げると、中味の点検をはじめた。

煙草とビスケットと、オーストラリアン・コンモンウェルズ・ミリタリー・フォーセズのバッジをつけた、軍用のらしい赤革の紙入れが、その中の全部であったが、紙入れの中には若い女性の写真が三枚あった。そして、一枚ずつにルージュの色も濃く昼のあと、キスマークをつけた手紙が六枚入っていた。

血なまぐさい戦場に拾った、甘いロマンチックな遺品、と私もやや感傷的になる。しかし、底の方から最後に出てきた柔らかいカールの金髪の一束は、若い私にかなり刺戟的な艶を帯びて光っていた。

思いがけない拾得物を手にした軍国カメラマンの私は、そんなものに好奇心をひかれる自分自身に、不快な感情がこみあげてきて、紙入れをもとどおり雑嚢にもどし、英軍の遺棄品の山に放りこむ。

あの紙入れの持ち主が、どのような運命を辿ったかは、私に知るすべもない。

上陸後の混戦が、記者団を含む私たち報道班と、部隊本部との連絡を断ち切っていた。

先導の報道班長田村少尉は、迫撃砲と機銃掃射を避けながら、通信隊の電話線をたよりにゴム林を潜り、テンガー飛行場を左にして、その夜の集結点である飛行場西側のT字路へしゃにむに前進する。

午後七時、部隊本部を発見し、野営の仕度をする。

堺さんと里村さんが、徴発の防水マントをゴムの木にかけて、天幕の代用にする。

私と栗原さんは、民家の井戸水を沸かして、水筒に入れる。明日の飲料の用意だ。

雨が降り出したが、急造天幕の中でチャーチル給与のパンをむしり、チーズをかじり、紅茶をすすっていると、昨夜からの緊張が、ことさらに新しい昂奮を呼びもどした。牛肉が宙吊りになっていた豪華な敵陣、ゴム林の溝で足を滑らせて自転車ごと墜落した話、スコールの雨宿りに入った鶏小屋の臭かったこと、そのとき爆弾を落として行ったのは、日の丸のついた友軍機だったが、よく助かったもの、と、それまでに起こったどんな些細なことでも、細大洩らさず喋《しゃべ》り合った。

ダン、ダン、ダン……いきなり、ハンマーをふるって力一杯、鉄板をなぐりつけたような音が、地の底から湧いて来た。

テンガー飛行場の滑走路にはまだ四台の飛行機が残っていたが、ブキティマからパシルパンジャン一帯の高地に布陣している英砲兵陣は、網にかかった魚を追うように、じりじりと一寸刻みに私たちの居場所に弾着をせばめているようすである。

黒い予感に、私たちのお喋りはいつしか無言に変わり、脚絆も解かないで、天幕の下に横になった。

衰えをみせない砲声は、激しく飛行場の周辺をつつんでいたが、前日からの疲労は、そんなことにかまっていられないほど強く、「なるようになれ」と捨て鉢な気分で、眠ろうと努める。

鉄帽をつけたままだが、鉄帽のあの丸みは、思いがけなく心地よい、枕の代わりをしてくれた。

黒と白の風景

朝。光をとり戻したゴム林の天幕村は、ときならぬ爆笑にゆらいだ。

ねぐらから眠そうな目をしばたいて出て来る顔は、いずれも目の周りと歯の白さを除いては、カラスの濡れ羽色で、油光りのする真っ黒な顔になっている。

「なんだ貴様の面は？」

兵隊たちは隣りの戦友の顔を覗《のぞ》くと、おかしさと驚きとごちゃまぜにして、からかう。

「なに言ってやがるんだ。貴様の面こそ、どうしたんだ」

今度は笑った当人が、逆に自分の顔を笑われ、

「なんだ俺の面も黒いのか」と、あわてて額からほおをつるりと撫でている。

原因は、ゆうべの雨のいたずらであることは、すぐにわかった。

友軍の爆撃で炎上し、数千メートルの空に燃え上がっていたガソリンのすす煙が、雨にとけこんで降って来たのだ。

黒一色に塗りつぶされた戦場は、ちょうど雪景色を写したネガ・フィルムを見るように黒と白の概念がまるで逆になり、異様な雰囲気をかもし出していた。

十二時三十分、前進命令がでる。報道班員は牟田口師団本部衛兵小隊と、憲兵隊の間に狭まって行軍する。

ブキティマ集落の三叉路を右に、路のないゴム林に入って、キリをもむようにブキティマ高地を目差す。

バンバン、バン……またケッペルス砲台の高射砲がわめいた。見上げると、青空の一画に白と黒の煙が、プツン、プツンと無数に点を増やしている。

高い、高い空だが、その辺りはブラカンマティ要塞の上空。定規で測ったように、整然と隊伍を組んだ海軍機の大編隊が、透きとおるような銀翼を輝かせていた。

爆裂音が地鳴りを生じて、軍靴の底から伝わって来たのは、それから間もなくのことであった。

しかし、私たちの進撃は止まった。尖兵が敵とぶつかったらしい。赤道直下の太陽が、かっと鉄帽を灼いている。噴き出す汗が止めどなく流れる。

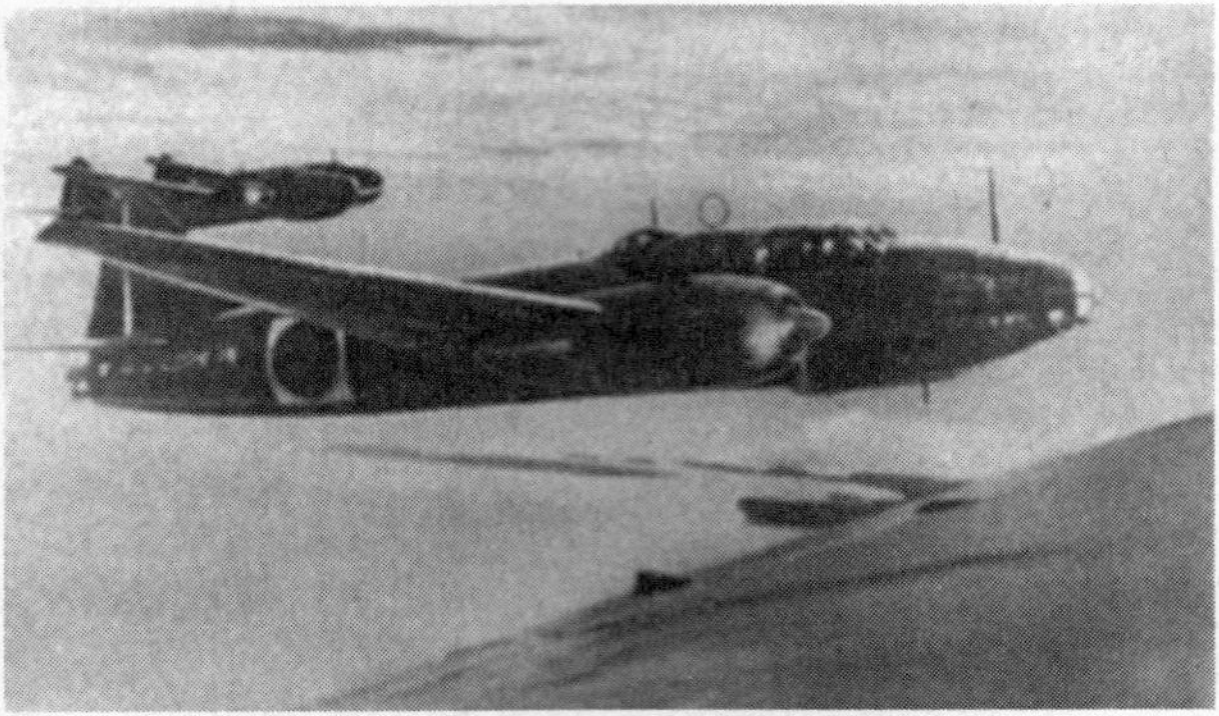

一式陸上攻撃機——太平洋戦争においては、九六陸攻とともに活躍した。わずかな被弾でも発火するため、「一式ライター」と呼称されてしまった。

「シンガポール市街の防衛線で抵抗する英軍は、よほどの大部隊にちがいない」

長い時間の停滞に、現役兵の経験をもつ里村欣三さんが、そんな状況分析を聞かせてくれた。

爆音が聞こえてくる。空冷エンジンの音。友軍機である。

翼を連ねた二機の双発機が、南西の空から低空を翔《は》って来た。

プロペラの巻き起こす空気の渦に、椰子の葉が大げさに体をふるわせて騒いだ。

双発機は一航過のあと、旋回してわれわれの正面上空に右から翔い寄り、爆弾を叩きつける。

前方五百メートルほど向こうの森から、凄まじい勢いの爆煙が高く、入道雲の壁のように聳《そび》えた。

爆弾を落とした双発機は、ふたたび急旋回して英軍地上部隊に、低空から機銃掃射をくわえる。スーッと白い直線が地上を刺したのと、森の中からシャワーを逆さにしたような、数十本の白い抛物線が伸び上がったのと、ほとんど同時であった。

チェッコ機銃の焼夷弾が、ズングリと太った友軍爆撃機の胴体に、吸いついてゆくのが見える。

「しっかり頼むぞ」なにか目に見えないものに祈る心だけで、じっとしていられない。安保（東日）、宮崎（読売）、影山（朝日）各社カメラマンたちが、その空対地の立体戦にライカを向けている。私も深くかぶった鉄帽のひさしを邪魔にしながら、バルダックセッテのファインダーを覗く。

そこはブキティマ高地の入口。夜に入って野営、と考えていたが、「前進」の命令が逓伝《ていでん》されて来る。

報道班は、昼間のまま師団本部の隊列につづく。

夜闇に視覚を奪われた私たちは、ともすれば離散する危険があったが、英軍第一線を突破し、背後に迂回作戦をとっている隊列は、咳ばらいひとつなく粛々と進む。

私はただ夢中だった。声にこそ出さなかったが、腹の中では「わあわあ」と、泣く思いで、捨てるに捨てられない、邪魔な自転車を曳きずっていた。暗闇の中、一メートル前を行く堺さんの気配を感じ、そのあとを追うのだが、姿はまったく見えない。

栗原さんは私のうしろだ。一番うしろの里村さんは耳が悪いし、運動神経も鈍いから、私以上に苦労しているだろう、と気になりながら、どうしようもなかった。ときどき例の胴間声で、遠慮がちに、「栗原さん、栗原さん」と呼んでいるのが聞こえて来る。

兵隊や記者団は、前の人の背中に白い布を結びつけたり、手拭を垂らしたりして、目印にしていたが、それも光のない世界には役立たないことを知ると、最後には、百足《むかで》競争のように前の人の背嚢や、リュックサックにつかまって歩く。

自転車のハンドルを握る私たちは、それを真似ようとしても、手を離すことができず、苦難はつづくばかり。

「バチャッ」と水の音がして、だれかが溝の中に落ちた。

「大丈夫?」声をかけると、堺さんの声で、

「大丈夫だ。かまわないから先に行ってくれ」

りんとした声に、私は歩調を早めて、堺さんの抜けた隊列の間隔をせばめる。だが、今度は私の落ちる番が待っていた。いや、私だけではない、栗原さんも里村さんも、それぞれ場所はちがったが、順番に溝の中へ行水となる。

ゴム園には灌漑用の溝が、血管のように細かく掘られ、流れているのだから、無理もなかった。一寸先も見えない暗黒のゴム林を歩くのは、五官をたよりでは駄目だ。第六感で歩くほかないのである。

前方と左右の側面で銃声が聞こえる。ある一瞬烈しく、ある一瞬ゆるく。

先遣隊が敵とぶつかったらしい。テンガー飛行場出発以来の、やみくもの猛進撃は止まり、逓伝が、

「服装を解かず、いつでも行動を起こせるようにして、露営しろ」と言ってくる。

張り詰めていた気分がいっぺんに抜けて、私は闇の中にぺったりと尻もちをついてしまった。

夕方の小休止で、五、六コの乾パンを口に入れただけの胃袋が、どっと空腹感を訴えてくる。

「右十メートルのところにどぶがあるから、敵が現われたら、報道班員はそこへ入

れ」

地勢の偵察から戻って来た田村少尉の指示が、低い声で伝わってくる。

水筒をさぐって、なまぬるい水二、三滴を口の中に垂らす。残量わずかで、とてものどをうるおすとはゆかない。

第四章　白旗の会見

オー、ゴッド

「ジョー、ジョー」

「ヘイ、カモン、ジョー」

なにか尋常ではない空気に、夢を破られる。眠っていた頭の方から、英兵の声だ。トーキー映画で聞いたのと同じ、軽いアクセントの叫びが近づいて来る。

私は田村少尉の指示にしたがって、右十メートルにある溝の中に体をかがませたが、とっさのことで、自転車に固く結びつけておいた軍刀がはずれず、刀身だけを引き抜き、それを抱きかかえていた。

敵に見つかったら、ひとりでもふたりでもいい、せめてひと太刀でも浴びせ、それから撃たれて戦死するつもりでいた。

心臓に一発の銃弾で死んでいた、上陸用舟艇の中の兵隊の姿が目に浮かぶ。自信としては至極たよりないものであったが、こどものころ町道場へ通って、竹刀《しない》を振りまわした経験が、いまの私に勇気をあたえているのかも知れない。

溝の周囲は英軍の、軽く歯ぎれのいい機銃の発射音でつつまれた。遠くから響いてくるのは、重いが力強い音の友軍重機関銃だ。

私たちの部隊は敵の背後に突入を強行し、その退路を遮断する態勢をとっていたが、いまは逆に先遣部隊との連携を断たれ、後続部隊の追及もなく、前後左右に敵を置いて孤立し、救い難い不利な状況に陥っていた。

ついさっきまでの、決死敢闘精神は、どこへ行ってしまったのだろう。私は深い絶望感のとりこになる。

切腹などということは、私はいままで簡単に話したり聞いたりして来たが、それがどんな勇気を必要とするものであるか、ここで初めて我がこととして知った。

夜が明けたらどうなるんだ。死か生か俘虜か。絶望のどん底に落ちこみながら、私には自決の覚悟というものが、少しも湧いて来ない。

「抜けば玉散る氷の刃」——刀を抜いて講釈師もどきだが、死ぬにしても、軍刀を振りかざしてゆけば、彼らの銃弾が簡単に心臓をぶち抜いてくれるだろう、という至ってお恥ずかしい意気地なさであった。

「カモン、ジョー」の、声の主はついに、匍匐《ほふく》して散開した友軍の中に踏みこんで来た。

ゴムの木の根もとに光る、歴戦の兵の眼を知ってか知らずか、浅いヘルメットをこいきな横かぶりにした、二メートル近い巨体が、斜めに構えた銃剣の切っ先を冷たく光らせて影絵芝居でも見るように、星明かりの空に現われた。

日本兵でさえ悩まされた暗黒である。英兵の青い目に、ぴたりと地面にしゃがみ伏せた日本兵が見えるはずがなかった。

影絵は数秒後の、自分たちの運命も知らないで、歩一歩まるで死神に誘われるように、わが銃剣の前に近寄って来た。

兵隊たちは発砲を禁ぜられていた。発砲すると、われわれの所在、兵力を探知されてしまうからだ。

だから、ここでは銃剣だけが武器だ。できるだけ敵兵を至近に引き寄せておいて、瞬時に銃剣を突き上げようというのが、こちらの戦法らしい。

自信満々の戦法に、悪夢のような重苦しい沈黙がつづいた。私は体をこわばらせて、荒い息づかいを押さえた。しかし、心臓だけは、意識とは別の生き物のように、どうにもならない勢いで暴れまくっている。

「やまッ」

突然、息詰まる空気を払って裂帛《れっぱく》の気合い。かねて打ち合わせてあった「やま」と「かわ」の合言葉だ。

気合いはゴムの木から放たれたのである。と、途端に、かつて聞いたこともない奇妙な叫びが、哀調をただよわせて闇に響いた。

同時に左側でも。――そして舌をめくって、頭のてっぺんから絞り出した、とでもいう初めて聞く声が、私たちの潜むゴム林のあちこちに、友を呼び合って錯綜する。友を呼び会うそれは、鳥の啼《な》き声とも、野獣の喚《わめ》きともつかぬ、異様な呻《うめ》きだった。

私が置き放しにして来た自転車の辺りからも、救いを求める断末魔の声がする。――戦友の名を途切れ途切れに呼んでいたが、その声もだんだんに弱まって、間もなく静かになってしまった。

「オー、ゴッド」それが彼の、最期のことばだった。

人間の肉眼だけでは絶望的な闇夜でも、下から見上げる夜空には、ものの形、人間の姿を影絵にする星明かりがあった。

立った位置の視線の高さと、地面に伏した視線の低さが、日英軍兵士の生と死を分けたのである。


部隊先頭で、激しい撃ち合いがはじまった。敵はわが伏兵に気がついたのだろう。二十メートルくらいの至近距離で、弾光が噛み合っている。

しかし、それも闇夜の鉄砲で、すぐにもとの沈黙に返る。そして静寂の中から、銃声におびえたのだろう、赤ン坊のひきつるような泣き声が聞こえて来る。

思いがけない近さだ。そういえば、このゴム園の番人小屋からはさっきも、柱時計がボンボーンと、時代もののさびた音で、二時を伝えていた。

それは、この血腥《なまぐさ》い戦場に伏している私たちの神経を、いきなり平和な家郷に引きもどして、勇む戦意を戸惑いさせるのであった。

赤ン坊の泣き声は、いつまでもやもうとしない。暗黒の中に見えようはずもないのだが、その親たちの当惑した表情が、遠い舞台でも眺めるように、私の網膜に映ってきて離れない。

兵隊も記者団もみんな、それぞれに、泣きじゃくる赤ン坊の声に、複雑な感慨をこめて、耳を傾けているにちがいない。

私は火野葦平の『土と兵隊』の一章を思い出し、やはり弾道の下で、赤ン坊の泣き声を聞いている彼の、そのときの心を想像した。

背後の敵

昭和十七年二月十一日——

あれから二、三度撃ち合いがあった後、静かになったまま夜が明ける。

この日は入城だろう、と噂にしていた紀元節の朝が訪れてしまった。

建国二六〇二年の佳き日を、砲火の下に迎える。この姿を、大陸の奥地に黙々と警備の銃を握る弟に見せてやりたい。

海軍の兄も、まだ生きているのだったら、太平洋上のどこかで、私と同じ感慨にふけっていることだろう。そして、私たち三人の息子を戦場に送り出している両親の心を想う。

ふたたび銃声がする。西側の稜線から例のチェッコ機銃が、ゴムの木の枝をピシピシとひき千切って、ピューンとえり元を掠《かす》める。

伏せていると、昨日の雨で真っ黒になった後続の兵隊が、機械人間のように、大股にやって来て、私のはいつくばった格好に、叱咤の大声を浴びせる。

「なんだお前ら。たま（弾丸）は高いぞ」

「平気だ。平気だ」

強情、負けずぎらいの私も、その豪胆を羨ましく、後ろ姿を見送る。

隣りの栗原さんは、あいにくと、兵隊の用を達した草の上に、もろに伏せてしまったので、腹から胸にかけての一面が、べったり黄金色だ。

「日本の兵隊さんのだ。汚かねえや」と、苦笑いしながら、シャツの始末をする。思いがけない場面の南方糞尿譚だが、笑うに笑えずだ。

音もなく舞い下りて来た友軍の地上襲撃機が、稜線の向こうに突っ込むと、敵の頭上に機銃掃射の雨を降らせる。つづいて爆弾の音二発。

ブキティマ高地奪取の総攻撃が、空地呼応していま、最高潮に達しようとしているのだ。

私は伏せたままの姿勢で、バルダックセッテをとり出し、眼の前に匍匐する兵隊の姿を、ファインダーに覗く。

最前線の兵士の、決死の形相が撮りたかったのである。と、

昭和17年2月11日、ブキティマ高地の日本兵たち。著者は伏せたままの姿勢でカメラをとりだし、匍匐する決死の形相の兵士を捉えた。（著者撮影）

「敵だ」

「敵だぞ」

兵隊の叫びが、背後の空気を裂いた。いきなり背中をどやしつけられたような衝撃を覚えて、本能的に後ろをふり返ると、一人、二人、三人、五人と数を増やしながら、英兵が警戒薄な左側稜線から姿を現わして来る。

敵軍の逆襲だ。ゆうべから恐れていた事態に、私の眼は吊り上がる。写真を写すことも忘れ、傍らのゴムの木の根っこを楯に、ひき蛙のような格好で、そこに伏せる。

だが、どうしたというのだろう。浅いヘルメットの彼らは、銃を左手につかんだまま、右手を大きく振り、左右だけを注意深く見回しながら、そこから百メートルと離れていないわれわれの真っ正面、銃口に向かって、恐れる気配もみせず向かって来る。

哀れなことに、彼らの碧眼がゴムの木の根っこに、豹のような眼を光らす敵日本兵の存在を発見したときは、五十メートルのちかくに寄ってからであった。

今度は英兵の驚く番だった。

彼らの目玉のとび出すほどの狼狽ぶりを見る。

大部隊、と見えた敵軍も、大山鳴動、わずか六名の敗走兵であった。戦意を失っている彼らは、日本軍と見るや、目にもとまらぬ速さで、もと来た方向に一目散、稜線を駆け上がってゆく。

だが、それが無駄な試みに終わったことはもちろん、百戦の兵が狙った銃口に狂いはなく、彼らの巨体はつぎつぎにもんどりうって、丘の斜面を転げ落ちる。

「おい君たち、こんなの写さんのか」

だれかが鉄帽の上で怒鳴っている。

ハッとして見上げると、戦陣ひげのみごとな下士官が、悠々と大あぐらをかきながら、なじるような目つきで私を睨んでいた。

ひげの下士官としては、半分からかい気分だったのだろうが、私は自分の一番弱い部分を白日の下にさらけ出された気分だった。

崩れ落ちる兵士

血走った眼をこちらに向け、ホールドアップしている奴が一人いる。六人のうち、その一人だけはかすり傷を負っただけで、生命に別状はなかったのである。

「撃つな」

「捕まえろ」

そんな声が、落ち着いた調子で散兵戦に走った。

「カモーン」

九州訛《なま》りの英語が、ホールドアップの英兵に届いた。

それまで逃げることもならず、といって、鉄砲の撃ち合いもできず、ただ立ちすくんだままになっていた彼は、日本兵二人が武装解除に出て行ったのを知ると、観念したらしく右手に銃を下げたまま、左手を高く差し上げ、そうやっていれば殺されずにすむ安心と、つぎの瞬間の不安をごちゃまぜにした表情で、友軍の正面に投降してきた。

散乱する敵屍と、人間のものとは思えないほどに、眦《まなじり》をつり上げて近づいて来る英兵と、それを捕まえに出てゆくわが方の組み合わせは、前線においてのみとらえ得る、勝者と敗者のなまなましい記録になった。

私はその情景を撮ることによって、さっきまでの不名誉を挽回しようと、カメラをとり出す。

しかしそのとき、ひと足早く中尾報道班員がとび出していた。写真機をかまえながら、背中を丸めて駆けてゆく中尾君の後ろ姿は、口惜しかったが、カメラマンそのものだった。仕事への情熱の塊りとしか見られなかった。

一瞬の遅れをとったとはいえ、私も駆け足だ。つづいて、日映の古屋君、朝日の影山君がとび出す。

私は駆けながら、レンズの距離目盛りを十五フィートに合わせた。英兵の血走った表情まで写しとるには、五メートルの近くまで接近しなければならなかったからだ。

慌てたのは英兵だ。武装解除に近づいて来る日本兵の、さらに後ろから脱兎の勢いで迫って来る人影――。彼が不安を覚えたのは当然だろう。迫って来る人影は、狙撃兵のように背を丸めて、ナニかを自分に向けている。

「殺される」

そう感じたにちがいない。彼はホールドアップの左手を銃身に持ってゆくと、もう五、六歩のところまで近づいた兵隊に、腰だめ（銃把を腰の上に抱えて照準する）の姿勢で銃剣を擬した。

まだ六メートルの距離はあったが、彼の銃口は私の胸板をも睨んだ。その右手の指は引金にかかっている。

私は勢いづいて止まらない体に、急ブレーキをかけて息を呑んだ。

パパンー、同時に重なり合った銃声が背後に起こる。

すぐには判断のつかない凄まじい勢いで、英兵の浅い鉄帽が宙天に舞い跳ねると、一瞬仁王立ちになっていた英兵の巨体は、下半身から崩れるように倒れてしまった。

本能的にカメラを向け、シャッターを切ったが、もうそのときは、彼の巨体が朽木のように横たわってあっただけだ。

「どうしたい。いまの撮ったかね」

中尾報道班員がレンズを拭いながら、いくらか得意な顔で寄って来た。

「ああ撮ったよ。でも距離を十五フィートに合わせていたので、直すヒマもなくピンボケだよ。それに十分ノ一秒だから、うまく止まったかどうか、怪しいよ」

私のシャッターは、英兵が倒れてからのものだったが、口惜しまぎれに、そらぞらしい嘘をついてしまった。

「君はどうだった。撮ったかい？」

逆に質問すると、中尾君も上々の首尾ではないらしく、

「ああ、入ったけど大したことねえや」と、このマレー戦線に従軍してから生やしたチョビひげに苦笑を洩らした。

「偉大なる戦争写真家」と伝えられるロバート・キャパの名を聞き、彼の傑作スペイン戦線の「崩れ落ちる兵士」を見、知ったのは戦争が終わってからだった。

最近になって「崩れ落ちる兵士」が、演出による作品であることが明らかにされた。しかし、ブキティマ高地のゴム林で、最期を遂げた英軍兵士も、頭部に銃弾をうけて崩れ落ちる瞬間の姿は、キャパのショットとそっくり同じだった。私はドキュメンタリー・スナップに、演出の手の加わることを、肯定するものではないが、キャパの撮った兵士の生死は知らず、あの写真が演出によるものであることを、むしろ祈りたい。

演出写真にしろ、「崩れ落ちる兵士」は、やはり銃弾の下を潜ったものでなければ撮れない、迫真のショットであることに間違いない。

因みに「戦争写真家が失業する日」を悲願に、戦場を駆け回った、とは後年の彼の述懐するところである。

負傷兵の叫び

潮の引くようにシンガポール市内へ退却して行く英軍を追って、ブキティマ・ロード三叉路に突入する。

中央の攻撃部隊、五師団も怒濤のように押し寄せていて、三叉路付近は私たちのついている右翼の菊兵団（筑紫十八師団）と合流、兵隊で溢れていた。

マイル標はシンガポール市へ七マイルと刻んである。敵はそのブキティマ・ロードへ、スコールみたいに砲弾を叩っこんで、わが方の前進を阻んでいる。私たちの部隊（十八師団）は三叉路から西の丘陵地帯に進路をとり、隘路を縫って、英軍が最後の頼みとするシンガポール防衛線に突入する。

夕暮れが深まって、今晩も夜行軍ときまったとき、苦労に苦労を重ねて持って来た自転車を捨てる。

昨夜の経験から、これ以上自転車を押しながらの行動は、自分だけではなく、部隊全体の動きに大変なブレーキになることを知ったからだ。

マレー半島のゲマス出発以来、無事故でここまで来てくれた愛車を、ぽつんと夕闇の中に残して去るのは辛かった。

堺さんは昨夜、溝の中に落ちたとき亡失していたが、私たち四人は肩を並べて、三台の自転車に離別の敬礼をした。

「南無妙法蓮華経」里村さんはいつものお題目を唱え、目を閉じて敬虔そのものの顔つきだ。

「戦争が終わったら、探しに来るからね」私は口の中で呟いて、淋しかろうがしばらく辛抱していてくれ、とそんな気持ちだった。

野営の居眠りの中、遠くに聞いていた敵弾が、三十メートルの近さで轟然と、連続的に炸裂した。

「宣伝班、こっちへ来い」

田村少尉の声が聞こえる。私たちはその声にしたがって、民家の影に退避しようと立ち上がる。しかし、つづいて飛んで来た砲弾が、頭上をかすめて行く手の前方に落ちる。

「いかん」

栗原さんと私は、そこに伏せて、しばらくようすをうかがう。

しかし、辺り一帯、敵砲兵陣地の標的になっているらしく、着弾点はだんだんと近づいて来る。私は隣りの栗原さんに声をかけ、野営の前に見つけておいた路傍の凹地に移動する。

そこには沢山の壕が掘られてあったのだが、先客の兵隊さんたちで、どの壕も割り込むすき間もなく埋まっていた。

栗原さんと私は、体をおおうなにものもないまま、全身を地面の上にむきだしに這

最前線・ブキティマ高地における菊兵団師団長の牟田口廉也中将(左)。退却する英軍を追って隘路を進み、最後の敵防衛線に突入した。(著者撮影)

いつくばっているだけだった。

一秒、二秒、三秒……しんと砲声が絶えた。

「いまだ」

そう叫ぶとふたりは、軍靴の底を踏み鳴らしながら、短距離選手の格好よろしく、滅茶苦茶に走り出した。

トントントン……雨だれに似た軽い発射音が、あとを追って来る。迫撃砲だ。

「こっちへ来い。入れるぞ」

だれかの声に救われて、ふたりが壕へとび込んだ刹那、いま私たちが走って来たコースの上五十メートルは、爆裂音が火柱を立てて喚き散った。おかしなことに、火柱の閃光がまっ黒に見えた。

重い装備をつけた駆け足だ。一分足らずの時間に、私たちは何発の、いや何十発の砲弾を浴びたことだろう。

この隘路は、数えることもできない沢山の砲弾を吸い込んでいたのだ。

私たちはあとになって、それをサル回しの太鼓と呼んだが、トントントンと、いかにも軽い発射音だが、無気味な唸りを立てて落下して来るのが迫撃砲。大地をゆるがして炸裂するのが十~十五センチ榴弾砲。ゴゴォーッと飛行機の爆音のように空を截《き》って来るのが、ドラム罐の通称をもつ要塞砲（戦後初めて低空を飛ぶ米軍ジェット機の爆音を聞いたとき、その要塞砲の音を思い起こした）。

英軍はシンガポール防衛線のため、要塞島のありとあらゆる砲口を開いて、翌朝の八時四十分まで十時間、一分間と休むひまもなく、このブキティマ高地に数千発の集中射撃を浴びせて来たのであった。

腹ばいに入った私の壕は、ちょうど全身が隠れたが、背中のリュックサックが、わずかに地表に突き出ている深さだった。

トロントロントロン、太鼓が鳴った。

「畜生、今度のあいつでおしまいか」

私はできるだけ小さく身をちぢめる。そして、口の中でゆっくり、秒を数える。

「一、二、三、四、五、六……」暗室で引き伸ばし作業をするときと同じ、秒間だ。

ピュウン……私は本能的に首をすくめる。しかし、その弾丸は、遠い向こうでダカンと音を立てる。弾道に尾を曳いて聞こえるのは、いつも遠い弾丸だった。それがわかっていながら、音のするたび、亀の子のように首をすくめる。

近い弾丸は、シュッもドカンも一緒くたに、地軸を裂いたが、そんな奴を食らったときは、耳が「ガーン」とやられ、壕が震動して、五体は宙に浮かび上がる。

背や頭や脚へ落ちて来る土塊が、だんだんと壕を埋めていった。そして、きな臭い火薬の臭い。そんな瞬間が何十回、何百回と、息つく暇もなくくり返され、そこにあるものは紙一枚の差の生死だけだった。

至近弾の十数発が轟音を立てた。ほほがビンタを張られたように歪《ゆが》んだ。

弾網の中に呻吟する負傷兵の叫びが、一弾ごとに数を増してゆく。

「やられたァ……」

「——戦友、お先に……」

「おっ母あ、おらァ死ぬよ」

静かに苦しい息の下から、死出の叫びを残してゆく若い生命があった。

きれぎれなその声を、私はひと言も聞き洩らすまいと、耳を澄ます。

部下の掌握に焦る小隊長の怒号や、伝令の兵が一歩でも動くと、軍靴の音を追って、その一帯は百発の連射を浴びた。

英軍はマイクロフォン装置を、この山の中に仕掛けたのだろうか。それとも、と私は、自分の周りに生い茂っているゴムの木の幹に、目と耳と口があるのではないか、とへんな錯覚に陥る。

ブーンと、ほっぺたの血を吸いにやって来た蚊を、叩きつぶすこともできず、掌を振って、音のしないように追い払うのが、ようやくだった。

何時間がたったのだろう。夜明けが待ち遠しかったが、私にはいつの間にか、直撃弾でなければ死なないんだ、とそんな悟りみたいなものが生まれていた。そして、直撃弾ならいっぺんに参るんだ、と捨鉢な諦めが湧いて、さっきまでの死の恐怖から、らくな気分になっていた。

「石井君、石井君、大丈夫か」

隣りの壕から栗原さんの声が、低く伝わって来る。

「大丈夫ですよ」と私。

「こっちへ来いよ。こっちの方が深くっていいぞ」

三メートル向こうにある栗原さんの壕は、二人や三人あぐらをかいて座れる深さと、広さを持っていた。しかし、私は無言のまま栗原さんの好意を拒んだ。

いいも悪いも、何の理屈も計算もなく、ただ本能の命ずるまま、生を託してこの壕にとび込んだのである。

人間の智恵以前の、生物としての純粋な動きに、神様がこの壕をあたえてくれたのだ。運命を支配するのは神様だけ、じたばたしても仕方がない。

いつの間にか宿命論者になっていた私は、そんなひどく年寄りくさい考えに陥ると、人間の智の無力に、虚脱感を抱きはじめていた。

「石井君、石井君」

ふたたび栗原さんの声だ。気がつくと、うっすら夜が明けていた。

着弾があまりに近く、それにひっそりと動かない私の姿に、〝もしかして――〟とふたたび栗原さんは心配したらしかった。

驚いたことに、運命の支配を神に委ねたあの瞬間《ころ》から、耳をつんざくこの砲声の中で、私は深い眠りに落ちていたのである。

生命の執着

昭和十七年二月十三日――

「報道班員は後方へ退がれ」

菊部隊牟田口師団長命令で、私たちはブキティマ三叉路北方高地の山腹に避退した。

大英帝国の名誉を賭ける最後の反攻に、ちょっぴり本来の面目を見せて猛威をふるった要塞砲は、報道陣から柳重徳班員(毎日)、鯉江、岩崎両通信員の命を奪い、ほかに数名の負傷者を出す損害をあたえた。

あの輸送船の中で、花札をめくりながら、

「卑怯といわれちゃがまんならねえ」と、威勢のいいたんかを口ぐせにしていた勇み肌のお兄さんも、その夜以来、姿を消したままになった。

私はケガこそなかったが、逃げ回るうち、大切な写真機を失っていた。首から胸に吊っていた写真機の革紐と、それをしまっておいたカバンの吊り紐とが二本、空しく千切れて胸にだらりと下がっているだけで、写真機もカバンも、まったく姿を消していた。

写真機は私にとって生命であり、兵器である。死んでも放してはならないものだ。それを失った私は、戦場にまったく存在意義を失ったことになる。面目ない。

「こりゃあ、砲弾の破片で吹っとんだんじゃないか。写真機が君の身代わりになったんだよ」

兵隊あがりの里村さんは、千切れた革紐に目をみはって、私の僥倖を、さもよかったと喜んでくれ、真面目な顔つきで慰めてくれた。

うそであっても、それが真実であって欲しい私は、里村さんのやさしい心づかいに、瞼が熱くなる。

しかし、それにしても、カバンごと写真機が吹っとぶなら、私の体にも激しいショックがあったはずだ。それを全然感じていないのはどういうわけだろう。

里村さんの慰めにもかかわらず、私はもう一度、心あたりの草むらをかき分けて、写真機の行方を探したが、その残骸さえ見つけることはできなかった。

口惜しかったのは、ゴム林で撮った敗残兵の姿。ブキティマ集落に突入した瞬間の記録など、これまで死を賭けて収めて来た戦場の記録が、ゼロになってしまったことである。

写真機のない写真班員——鉄砲の撃ち方も知らない、記事も書けない、私の存在が価値を失ったとき、堰《せき》を切ったように、「死にたくない」という生命の執着が、全身の血管を逆流する。

われわれの消息を心配した宣伝班長阿野中佐が、後方の軍司令部から訪ねて来られた。

班長は里村さんの姿を見つけると、

「里村、どうした。無事かー」少しせきこむような調子で、早口に叫んだ。

里村さんは一時、消息が不明になっていたのである。

「はあ、どうも……、ご心配かけて申し訳ありません」

そんなときの、いつものクセで里村さんは、頭の毛をかきむしりながら恐縮した。班長の温容に、私はここまでの自分の、不始末のありったけを吐き出してしまいたくなった。

甘えの気分もまじっていたが、

「班長殿、自分は写真機を亡失しました。申し訳ありません」

私は兵隊口調で、兵器の亡失を報告した。

「うむ、聞いた。からださえあればよろしい。写真機には補充があるから、心配するな」

厳しい軍律の中に、思いがけない班長のことばだ。私は胸がいっぱいになって、それ以上ものをいうと、涙が噴き出しそうになって困った。

世紀の会談

昭和十七年二月十五日、彼我の砲声は、いつ果てるとも知らず、激しい応酬をくり返している。

フォード工場近くに陣を布いた新手のわが砲兵の撃ち出す重砲は、もの凄い音で鼓膜に轟いてくる。

「いい雲だなぁ。ありゃ瑞雲だぜ。このようすじゃ、きょうあたりシンガポールも落ちるぞ」

この朝の東の空を指差しながら、里村さんがお得意の、瑞雲説を述べはじめた。

堺さんも私も、これまでにしばしば里村さんの瑞兆を拝ませられていたので、〝里村お父ちゃん〟の瑞雲が、またはじまった、とばかり顔を見合わせてニヤニヤ笑うだけだ。ところが、この日は、ついに〝お父ちゃん〟の霊感が、みごとにものをいった。

午後になると、部隊正面のブキティマ・ロードに、白旗を掲げた降服の軍使がやって来た、とそんな噂が、だれの口からともなく伝わって来た。

この種の流言は、兵隊たちが好んで放送するところだ。栗原さんはじめ私たちは、それが本当であれ、と祈りながら、噂を鵜呑みにすることの軽率さを、警戒する。

しかし、二、三人が集まってひそひそ立ち話をしたり、せわしなく駆けずり回る従軍記者たちの動きに刻々、目に見えない緊張の綱が張りめぐらされていった。

「石井報道班員。いるか」

びっくりするほど、大きな目玉をぎょろつかせた報道小隊の桜井少尉が現われた。後方の安全なジョホール・バルウにいるはずの彼が、何の用で私を探しているのか、それはすぐにわかった。彼の片手に写真機があったからだ。

「おうッ、カメラ持って来たぞ」

桜井少尉は吐き出すように、そう言いながら、ワシづかみにしていた右手の写真機を、ぐっと私の前に突き出した。

「あっどうも、わざわざすみません」

歓喜に弾《はず》んだ私の声は、思わず社会人のことばになっていた。

「写真機に補充はあるぞ」と、言ってくれた阿野中佐の心づかいである。

有難や、天地万物に感謝せずにいられない。

「敵が白旗を揚げた途端、写真機が届くなんて。神様になんてお礼を言っていいのか、わからなくなっちゃったよ」

嬉しいときのいつものクセで、私のおしゃべりが里村さんをつかまえた。

「――なんだか、自分だけ特別に神様の加護を得ているんじゃないか、と、そんな思い上がった考えが浮かぶことがあるんだけど。……だからこそ僕は、神に対し立派な仕事をしなければ申し訳が立たない。そんなふうに考えるんですがね」

さっきまで写真機がなくて、がっくりしょげていた男が、いきなり元気になってまくしたてる怪気炎に、里村さんは目をパチクリする。それでも真顔になって、「ウンウン」とうなずき、話し相手になってくれていた。しかし、堺さんにはいつもの調子のまま、「そうかね。俺には何もわからないんだよ。ただ、生きてるってことは辛いことだっていうことが、少しわかるような気がするだけなんだよ」と、嬉しさに抑制のきかなくなった躁野郎は、言外にたしなめられた。

午後六時四十分、南国の灼けつく太陽も、大英帝国の明日を表徴するかのように、西の空へ傾いた。

折しも、ブキティマ三叉路方面から走って来た自動車が、三四八高地の山腹にあるフォード工場の入口に、ピタリと止まった。

衛兵が機械のように直線的な捧げ銃《つつ》をすると、杉田一次中佐が、参謀肩章も誇らかに姿を現わす。

つづいて、一目でそれとわかる英軍将校が、長身に例の浅い鉄帽をかぶって、短いパンツに、シャツの袖をひじまで捲《まく》りあげた身軽ないでたちで、車を下りた。

私は固唾を呑んだ。白旗を見たのだ。この目で見たそれは、とても大きな白旗だった。

一番背の高い将校のひとりが、地面まで垂れ下がるユニオン・ジャック。そしてワイルド少佐（通訳）の肩に垂れるまっ白の旗が、いたく目にしみる。

杉田参謀の先導で、四人の投降軍使は力のない、ゆっくりした足どりで、三四八高地の舗装道路を登って来る。

私はもう一度、なまつばを呑んだ。

「あわてるな」と、自分を制しながら、撮影操作に誤りがあってはならぬ、と改めてカメラの点検をする。距離、シャッター速度、絞り、みんな大丈夫だった。ファインダーを覗く。

眼光鋭くした杉田参謀に従う四人の軍使の背後、シンガポール市街上空に炎々と燃え上がる黒煙、断末魔の喚き――。

チャッ、とシャッターの金属音がする。少しキザだが、それは写真記録を生命とする私にとって、ショパンのピアノよりも、音楽的な響きだった。

一枚を写すと私は、さっとそこを駆け離れ、適当な間隔をとってまた振り返り、レンズの焦点に白旗を入れた。

英軍司令官パーシバル中将は、群がる私たちカメラマンに、うるさそうな横目でひと睨みをくれながら、フォード工場の一室に設けられた投降軍使控え室に入って行った。

そして世紀の会見が、東側に面した工場の一室で行なわれたのである。

うす紅い夕空の反射光が淡く流れ込んで、かすかに光量の不足を補っているが、フィルムがどの程度に感光をしてくれるか、かなり不安があった。しかも私の写真機がもつレンズの包括角度は、この部屋には狭すぎる。私はまずともあれ部屋の外から、窓越しに会見の全景、大局をとらえることにした。

夕映えの残光

うしろ向きに左からワイルド少佐（通訳将校だったが、上手な日本語ではなかった）、パーシバル中将、トランス参謀長、ニュービギン軍政部長が座っている。卓を挟んで南方派遣二十五軍司令官山下奉文中将を中央に、参謀長鈴木宗作中将、副参謀長馬奈木敬信少将以下、幕僚が居並ぶ。

山下閣下は重戦車の威容で場を圧した。カメラマンたちは窓の金網に鈴成りとなって、わっさわっさと揺れた。

A社もB社もなく、一人がシャッターを切ると、そこへ入れ替わって他の一人が位置をとり、同じ角度ではあるが、自分の感覚に答えた〝動き〟にシャッターを押す。無念無想だ。だれ一人むだ口をきく者もいない。慌ただしく騒々しいはずの連中が、

昭和17年2月15日、降伏交渉にのぞむ英軍の軍使一行と南方派遣25軍司令官山下奉文中将ら幕僚。手前右から2人目がパーシバル中将。(著者撮影)

静かに整然と仕事をしている。さすが各社選りぬきのベテランたちだ。驚かないではいられない現象だった。

この協調の精神は、砲火の洗礼のうちにお互い日本人として自覚が培われ、個人的な勝利感を潔しとしなくなったものと分析するがいかがだろう。

パーシバル中将以下の三人が、杉田参謀の紹介をうけて、よろよろと立ち上がると、いきなり口を開いた山下司令官が、

「やぁ、ご苦労だった」と、重い語調で一言した。私は室内に溢れる裂帛《れっぱく》の気合いを、肌に粟立てて感じた。

パーシバル中将が、窓の外には聞きとれない小声で、何か答えているのが、まるで無声映画を見るようなもどかしさだった。

会見がはじまると、新聞社の特派員として従軍していたカメラマンは退去を命ぜられ、徴用でとられていた私たち、数人のP・K（ドイツに倣《なら》ったプロパガンダ・カンパニー）カメラマンだけが、撮影記録を許された。

そのとき私が持っていたフィルムは、たったの二本（セミ・ブローニー判・十六枚撮り）だった。

通訳のワイルド少佐はたどたどしい日本語だった。和英辞書のページをめくる指さ

「貴官は全面的降伏に対し、イエスかノーかの返事さえすればよろしい」とせまる山下司令官。（著者撮影）

きがふるえているのが、よくわかった。

「ノー、停戦ではない。英軍が全面的に降伏するか、否か、それだけだ。私は日本の武士道にかけて、全面的降伏にのみ応じます」

一見、茫洋と見える山下中将の額に、青筋が走った。そしてまた人を射る眼光が、稲妻のように敵将の面上に閃く。

「……………」

「貴官は全面的降伏に対し、イエスかノーかの返事さえすれば、よろしいのだ」

並み居る参謀も従軍記者団も、〝返答や如何《いかん》〟と、いっせいに視線を敵将の口もとに注ぐ。

それは、まったく息詰まる瞬間であった。

しかし、リスのように痩せ細り、おどおどとものに怯《おび》える風のパーシバル中将は、やはり英軍の代表だった。

彼は局部的な枝葉の問題をとり上げては、逆にそれへの同意を求めたりして、わが方の全面降伏の要求に対する回答に、誠意ある態度を見せようとはしなかった。

「英軍がもし今夜の十時に、あっさりと武器を捨てて降伏しないようであったら、日本軍は今夜、シンガポール市内へ夜襲しますぞ」

降伏文書に署名するパーシバル司令官。左側はニュービギン軍政部長。調印後、山下将軍は立ち上がり、初めて握手の掌をさしのべた。(著者撮影)

泰山の悠揚さで座していた、山下中将の巨軀から、何事も許容しない絶対の厳しさを含んだ怒声が走った。

自信たっぷりな、もの凄い談判だ。折も折、まるでそのことばを裏書きするかのように、ブキ・パト北西のわが重砲弾が、ズズーンと三四八高地を揺るがして、いっせいに四連射の砲口を開く。

シンガポール防衛総司令官パーシバル中将の両頰が、ぴくぴくと神経質なけいれんに歪んだ。

この歴史的な会議の時間的経過、進行状態を正確に記録することを、自らに任じていた私は、夕映えの微かな残光をたよりに、呼吸を殺し、五体を硬直させ、早鐘を打つ心臓の鼓動を押さえて、あたえ得る最大限の露光をしていた。

撮影データは、F二・八レンズ開放・二分ノ一秒だった。

金網越しの暗い室内に、三脚なしの手持ち撮影だ。しかも安定の悪いスプリング・カメラなのだから、信じられない悪条件である。

だが、窓に張ってあった金網が、救いの神であった。私は息を止め、その金網にからだを押しつけるようにしてカメラをかまえ、シャッター・チャンスを狙った。

このとき一番私を苦しめたのは、心臓の鼓動であった。それこそ地の底から這い上がってくる、大太鼓のとどろきにも思えた。

できるなら心臓も止めてしまいたいほどの瞬間を、幾たびもくり返した。そして、私は見た。写した。敵将が、わが参謀から提出された何枚もの紙片に、署名のペンを走らせているのを……。

「イエス」のサインだ。英軍はついに全面的降伏に応じたのだ。この大いなる瞬間、私はカメラになりきってしまった。夢中になって人垣を分け、部屋の中に踊り込むと、二メートルの距離を測って、降伏文書にサインを認めるパーシバル中将を写した。


への字に結んだ唇を、ぎゅっと噛んだ栗原さんが、利鎌のように鋭い眼を室内に光らせ、スケッチ・ブックに鉛筆の線を滑らせている。

里村さんは、ちびた鉛筆をなめながら、メモの走り書きにいそがしい。

いつも冷静な堺さんは、それでも窓の金網に両手をかけながら、食い入るような視線で暗い室内を覗き込んでいた。

うす暗がりの室内の中央では、つと立ち上がった山下司令官が、会談冒頭では拒否した掌を初めて差し伸べ、握手を交わしているのが見えた。

第二部　〝古い手帖〟

——厳寒北洋の海鷲基地越冬日記

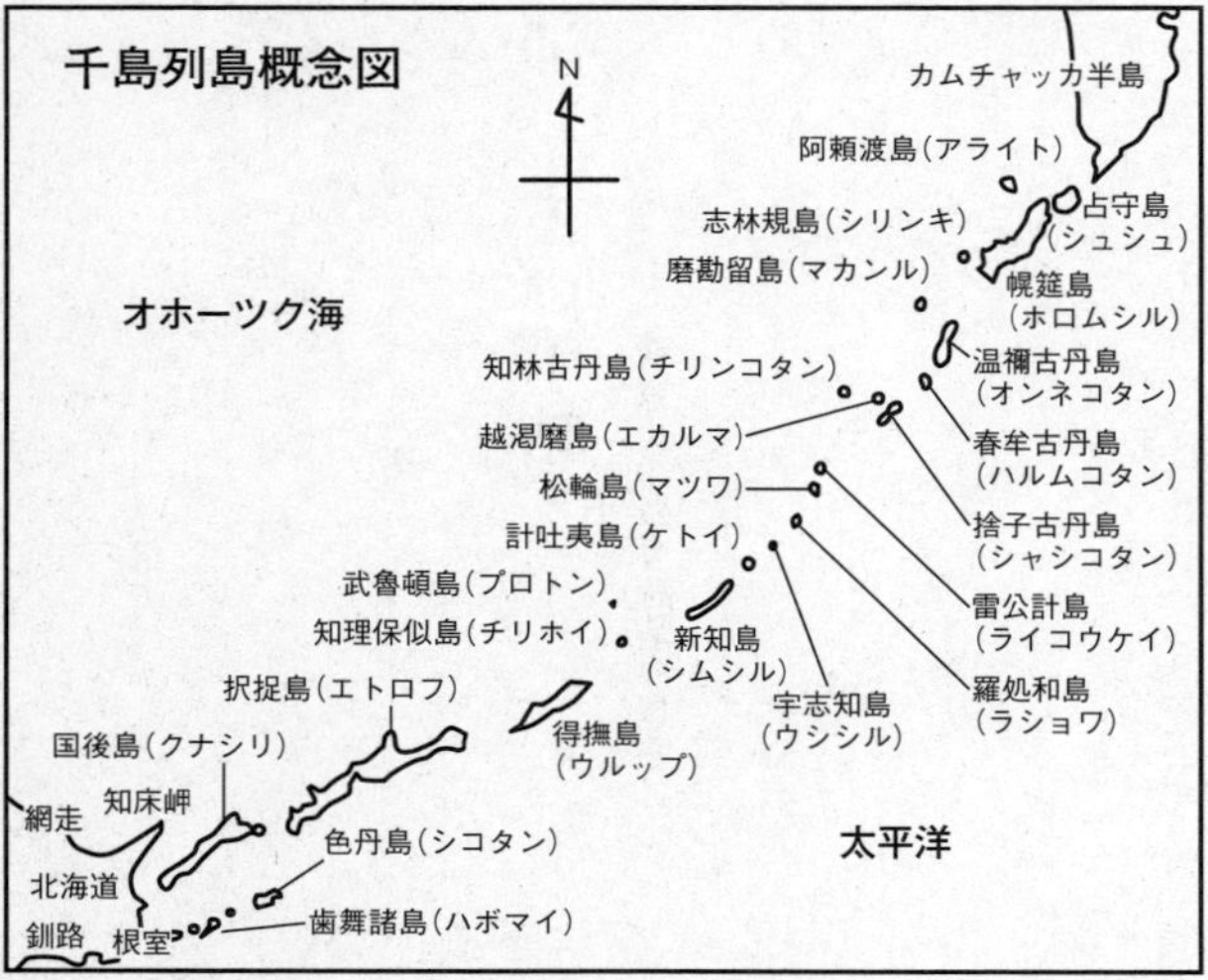
千島列島概念図
N
カムチャッカ半島
阿頼渡島（アライト）
占守島
（シュシュ）
志林規島（シリンキ）
磨勘留島（マカンル）
幌筵島
（ホロムシル）
オホーツク海
温禰古丹島
（オンネコタン）
知林古丹島（チリンコタン）
越渇磨島（エカルマ）
春牟古丹島
（ハルムコタン）
松輪島（マツワ）
捨子古丹島
（シャシコタン）
計吐夷島（ケトイ）
雷公計島
（ライコウケイ）
武魯頓島（プロトン）
知理保似島（チリホイ）
新知島
（シムシル）
羅処和島
（ラショワ）
宇志知島
（ウシシル）
択捉島（エトロフ）
得撫島
（ウルップ）
国後島（クナシリ）
知床岬
網走
北海道
色丹島（シコタン）
太平洋
歯舞諸島（ハボマイ）
釧路
根室

従軍手帖

身辺整理、などといっては大げさになりますが、ふと思い立って机の中をひっかきまわしはじめたのは、サラリーマン生活からの解放を、自分にいいきかせた、ある日のことでした。

がらくたにまじって、引き出しの底のほうから一冊、古い手帖が、顔をのぞき出してきました。

ひと目でそれとわかる、若い日の従軍手帖でした。ほこりを吹き払って、黄色くなったページをめくってゆくと、ひたすらカメラと共に生きようとする海軍報道班員の姿が、刻明に記されていました。

いまは一行一行が、悲しい回想につながってよみがえってくるだけでしたが、私の目は粗末な手帖につづられた小さな字に吸い寄せられたまま、身辺整理どころではなくなってしまいました。

昭和十九年（一九四四年）十月二十四日。私の北太平洋艦隊（大湊軍港を基地とする第五艦隊）従軍日記の第一ページは、承命服務で千歳（現在の千歳空港）基地航空隊司令部に着任した、その日からはじまっていました。

しかし、それより以前の経緯を述べますと、同じ十九年の秋近い日。私は大本営海軍報道部に勤務（徴用）する友人のK氏に呼びこまれ、

「海軍報道班員として、北方海域に従軍してくれないか……」と、そんな相談をうけました。

南フィリピン海域では、はなばなしい艦隊航空戦を展開し、ラジオはやたら軍艦マーチを鳴らしている時期で、それが虚報とは知らない私は、行くなら南海方面がいいと思っていました。

だがK氏は、

「南方なら希望者は沢山いるし、だれだって行ける。これから厳寒期を迎える北方の基地に行ける人間はいないんだ。たのむよ」と、頑固に北方行きを口説いてゆずらなかったのです。

稲門山岳会に籍をもつK氏と私はスキーをやり、また戦前から上越国境の谷川岳などを歩き、ザイルを結び合った仲間でした。

そんな縁から、K氏の誘いに「諾」の胸を叩いてしまったのですが、その胸のもうひとつ奥には、「ヤッホー、スキーがたっぷり楽しめるぞ」と、そんな戦時中には不謹慎な遊び心に、期待をふくらませたのでした。

後日、手荒いしっぺ返しをうけるとも知らずにです。

そしてK氏の「ペンの方もだれかひとり――」ということから、気の合った社会部記者の長坂一郎君を誘ったのでした。

長坂記者は陸軍の上等兵で、実戦の経験も持ち、原稿を書くその右手指には、満州の野戦でうけた手榴弾のキズが、痛々しく残っていました。

召集令状をなによりも恐れていた彼が、北海への従軍をすぐに応諾したのはもちろんでした。

さて、前置きはこの辺で切りあげ、黄色くなった手帖のページを開いてゆきます。

当用漢字や仮名づかい、送り仮名など、当時との用法のズレは、現代用語にしたがって修正を試みましたが、原文は、たとえそれが愚であろうとも、戦時下の若者のひとりが思考、そして苦悩したところを損なわぬよう、留意しました。

駆逐艦「神風」

昭和十九年十月二十四日（火）

札幌より汽車にて一時間ちょっと、千歳駅着は午前九時三十分。駅前で会った気象隊長の斎藤中佐は、初対面の私たちを自分の車に同乗させ、司令部玄関まで送ってくれる。

後藤司令官にはお会いできなかったが、参謀長一ノ宮少将の前に並び、長坂一郎（東京新聞社会部）、釣仁三郎（北海道新聞記者）、石井幸之助（東京新聞写真部）の三人、名乗りをあげて着任の挨拶をする。

「南方における輝かしい戦果も、北方の守りが鉄壁なればこそのことであるから、この縁の下の力持ちの労苦を、よろしく報道して欲しい」と、一ノ宮参謀長は温厚な口ぶりだ。

痩せ型の、どちらかといえば銀座の交詢社ロビーなどでみかける実業界の紳士、といった印象に、親しめるものがあった。

昭和19年4月初旬、千歳基地に集結した203空の零戦21型。203空は厚木に本隊をおき、46機が千島に進出して防空任務につき北方の守りを固めた。

十月二十六日

南方海域レイテ島の戦果を知る。空母二隻撃沈、一隻撃破。巡洋艦二隻撃沈。駆逐艦一隻撃沈。なお戦果拡大中なり、と大本営海軍部発表のラジオ・ニュース。

十月二十七日

無為に飽きて飛行場へ出てゆくと、当直将校に不審訊問をうける。

無理もない、まだ東京からの服装そのままなのだから。

副官が呑気な人で、被服の給与が遅れているのだ。同行の記者諸公は、ここでは取材の要なし、と悠々閑の生活。

私は飛行機を見ると、仕事がしたくなる。「つらいかな写真部」である。

入浴後、従兵諸君を相手にビールの栓を抜く。下戸の私は、ミカンの罐詰一コを平らげて満足とす。

夜半、風蕭条《しょうじょう》と鳴る。あすの寒冷が心配。

十月二十八日

ついに出来上がった海軍第四種軍装。着なれぬままにまる腰のコッケイな士官が出現する。

兵隊が不思議そうな顔つきで敬礼する。

夜になって長坂、釣両君と水交亭にくりだし酒。司令部着任以来初めての外出だ。

星座の輝く北海道の夜空は凛冽。隊門への途、試みた駄句一句。

「オリオンの見えかくれつつ枯木立」

〔私にあてがわれた四種軍装は、陸戦隊の夏服地。これを着て千島列島最北端の占守島に、半年間の越冬生活をさせられるとは、ツユ思わぬことでした〕

十月二十九日

朝来快晴。飛行場へ出て月光（夜間複座戦闘機）隊の訓練を写す。艦隊飛行隊長の清水大尉が懇切に、かつおトボケをまじえながら、性能の素晴らしさを説明してくれる。

仕事をしているときは、いつの場合でも楽しい。ことに㊙の新鋭戦闘機を思う存分、あらゆる角度からファインダーに覗けたのは、喜びのほかない。海軍報道班員の腕章が眩しく白い。

一六・〇〇（午後四時）からの夜間空戦訓練も見学。滑走路に灯る十基たらずのカンテラの微光をたよりにする離着陸は、冷汗を催させる。

機上と指揮所の水も洩らさぬ連絡によって、訓練はさながら実戦と同じ。若い飛行学生の頬は紅潮。

この夜、神風特攻隊敷島隊の偉勲。豊田連合艦隊司令長官より全軍に布告される。〔この日取材した夜間戦闘機「月光」の写真は、翌二十年に入ってB29の本土空襲が激しくなった際、海軍の複座夜戦として大本営報道部から発表され、各新聞・雑誌に初めて、その姿を披露しました。

当時の報道班員の原稿（写真・記事）は、たとえば私が撮影した写真を、私の所属する社が掲載するときは「海軍報道班員・石井本社特派員撮影」のクレジットで使い、他紙あるいは他の出版物に使用する場合は「石井海軍（あるいは陸軍）報道班員撮影」というふうにクレジットを使い分けたものです」

十月三十日

外出。札幌へ。駅前通りで中川候補生、海老候補生と落ちあい映画館に入る。ドイツ映画「維納《ウイーン》物語」をやっていて「蝙蝠《コウモリ》」「ジプシー男爵」など、なつかしい音楽が聴《き》けた。

グランド・ホテルで食事。ここはいつ来てもイルカが出てくる。アンモニアみたいな臭いのする、このステーキには閉口だ。

十月三十一日

竹村副官より、「明朝小樽行き」の命令が出る。さっそく荷物の整理。そして東京へ手紙。

十一月一日

北東空（北東方面海軍航空基地）兼務千島根拠地隊配属。北東艦隊千歳基地退隊を命ぜられる。

一四・〇〇（午後二時）小樽着。直ちに武官府へ。出港は数日後とあるだけで、正確な日取り不明。

宿舎海陽亭で警戒待機の形となる。海軍クラブの宿舎は、明治年間に日露漁業条約調印の場ともなった料亭で、気分よし。

十一月五日

一四・〇〇　駆逐艦「神風」に乗り組む。

一七・二五　出港。夕闇をすかして見る小樽の街は、燈下管制の中ほのかに明るし。北海道よさらば、小樽よさらば。赤・青の信号燈明滅する防波堤を、日本海に突入すれば風速十五メートル。荒波はやくも艦体をゆさぶる。

一九・〇〇　僚艦「福江」接触事故を起こし、小樽に反航の信号を発す。やむを得ずわが艦も「福江」を追って、ふたたび母港へ。

二一・〇〇　入港仮泊。

二一・三〇　船酔気味。士官室に就寝。

「みぞれ痛し　甲板拭いや北の兵」と一句。

十一月六日
天気晴朗。港内に投錨して艦はすこぶる平穏。艦首を凹ませた「福江」が、恥ずかしそうに隣接している。

「神風」は「福江」の修復を待つことになり、中食後一三・〇〇の定期便で上陸。ふたたび海陽亭に入る。陸地を踏むと、途端に元気をとりもどす。われながら笑止。

きのう関東地区にふたたびB29の来襲あり、と。

帝都上空の制空隊はなにをしているのだ。

十一月七日
午前に帰艦。出港の状況をきくに、まだしばらくは待機と判り、「神風」艦上の記録を撮る。

魚雷と四十ミリ機銃を被写体として、ブローニー・フィルム二本を費やす。

十一月八日　在・海陽亭。

「神風」での取材スナップに説明文をつけ、千歳経由で東京へ送稿。

十一月十日
風強く雪となる。

一三・一〇の定期便で帰艦。甲板温度一・五度。

一六・〇〇出港準備で艦内多忙。海防艦「福江」出港。つづいて輸送船公安丸港外へ。

士官室に時化警戒の声。ラジオもテーブルもイスも、皆ロープで緊縛。

一七・〇〇　夕食を嘔吐。爾後十二日の樺太の大泊港に避泊まで半死半生——ペンを持つ力なし。

十一月十二日
七百三十ミリの台風、船団の前途にあり、艦長春日均中佐はこれを避けて、樺太大泊港に仮泊を命ず。
港内に入れば、さすがに波浪は静まり、心気も回復。艦橋に登って、船団の航行をライカに納める。
一一・〇〇　中食にカユ一杯をすする。小樽出港以来、五日間にリンゴ三コを食べただけの胃袋、これを堪能する。

一六・〇〇　夕食後上陸。雪片浮くともなく、漂うともなく闇空にさまよう。大泊の舗道は固く凍っていたが、寒さの実感ともなわず。ただし旅館岡野屋の寒さ、ストーブなき部屋には参った。凍りそう。

十三日

吐く息は白く凍り、大泊の朝は果然寒し。長い桟橋を渡って帰艦すれば、吹きさらしの海風に耳、針を刺す痛み。

ダグラスDC3型一機、艦上をかすめて南の空へ姿を消す。

二二・三〇　就床、千歳に想いを馳す。

十四日

夕食後上陸。水雷士鈴木儀忠少尉を誘って新菊へ。女の侍《はべ》る酒席は、この際、苦痛を覚えるが、飲めぬ酒を飲む。

天寧（エトロフ島）付近に敵潜水艦出没の報あり。北海屋泊まり。揺れぬ寝床が有難い。

樺太通信。里村欣三、堺誠一郎、熊取敏之の諸氏及び末弟禄三郎、妹賀寿子宛。

十五日

出港さらに延期。赤いレンガ作りの煙突に雪をかぶった大泊の街は、ロシア風のエキゾチズムをみせている。北海屋に休養はうれしいが、せっかく荒波になじんだからだが、もとの木阿彌になるのではないか、それが心配だ。

夜、春日艦長と共にあり、羊かんを食い、宿の古雑誌を開く。

十六日

一五・〇〇　大泊出港。

『シズカニ　ススミマアース』艦首に立つレット（水深測手）の声につれて、「神風」の舷側にゆるやかな渦が流れる。

右舷四十五度の方向に、斜陽を淡紅色に浴びた雪嶺が、そびえたって見える。

公安丸が前方正面。梅川丸は本艦左舷に並行、黒煙をもうもうとあげ、舷側からは猛烈な水蒸気を吹き出している。どうしたのだろう。いやな感じ。

右舷、油を流したような海面に、夕陽低く落ち、反映がまぶしい。

前進速度はあがったが、静かな波に艦内を歩き回り、船団の出航を撮影する。

ブリッジが狭いので、強力な広角レンズが欲しかった。
夜食はおはぎ。甘党の私はごきげん。
十七日
時化、ノドを通る一物もなし。
十八日
士官室ソファーに寝たまま。揺れに振り落とされぬよう、ヒジかけにしがみついている。
十九日
若い士官たちは、「艦が揺れるので腹が空いて仕様がない」といいながら、私の枕もとで大きな握りめし三つを平らげている。
私はもう三日間も、なにも食べないでいるのに。——だが、五日や十日、めしを食わなくても死にはせんぞ、とシンガポール上陸戦の経験から、持ちまえの強情でがんばる。

〔「神風」艦上で、私たち三人の報道班員に割り当てられたスペースは、ガンルームの固い長イスだけでした。

ガンルームは士官たちの作戦室であり、娯楽室であり、食堂です。

小さな艦を襲う大波は、ときには煙突からも流れ込み、艦が傾くと、私のからだは長イスから放り出されて、足もとの床ではなく、反対側の壁に落下するのでした〕

二十日

嵐は去って、波やや静かとなる。リンゴと乾麺麭《カンメンポウ》の数片、ようやくノドを通る。

明日は幌筵《ホロムシル》海峡の片岡湾着と聞き、夕方から起き上がって艦橋に昇る。

幌筵の銀嶺

二十一日

大泊を出港してから初めて食事。

○七・○○　ベイゴマを逆さに置いたような阿頼戸島《アライト》が見えてくる。親子場山がてっぺんだけ雲をかぶって、裾を朝日に輝かせている。そして阿頼戸海峡を航過すると間もなく、右舷に幌筵島、艦首正面東の方向に、私たちの任地占守島《シュムシュ》が平らな姿を現わす。

ライカのシャッター幕が凍らないよう注意しながら、絞りF四・五、露出三十分ノ一秒で何枚ものシャッターをきる。

艦橋に上がっていると、敵潜水艦の動きを圧《おさ》えながら進む護衛艦の苦労が、痛いほどに伝わってくる。

一二・〇〇片岡湾に無事投錨。春日中佐らと上陸して、北千島根拠地隊司令部に赴く。

配属部隊が北東空（北東方面基地航空隊）だったので、さらに航空隊本部にいたり、初めて任地安着ということになった。

長坂、釣、石井の三人が、共同生活をはじめる部屋は、三角兵舎の中の四畳半ほどの広さだった。

三角兵舎の屋根は、明かりとりの部分だけが地表に出ていて、建物そのものは凍土の地中に埋設した地下室というべき設計である。

荷物をまとめたあと、数日ぶりの入浴に塩っぽいアカを流す。

航空隊の司令は不在で、われわれのボスは副長の小林中佐ということがわかる。中

占守島片岡基地から片岡湾を見下ろす。湾内には特設艦船と駆逐艦が停泊している。駆逐艦は右から第7駆逐隊の霞と第18駆逐隊の不知火である。

佐は艦攻搭乗員の出身で温厚な武人。ラバウルで活躍したらしく、私の仲間のＤカメラマンの名も知っていた。

　副長公室に招かれて内地の近況、武勇伝からＳの話に落ち、占守の第一夜は更《ふ》けた。

〔英語を敵性語として弾圧した時代でしたが、海軍には漢字にしにくいカタカナ語が沢山あって、戦争中も昔からの英語が日常に生きていました。そのせいか、やたらにカタカナの陰語が使われるので、最初は困ることしばしばでした。

　ＳはＳＩＮＧＥＲで芸者のこと。

士官たちはドイツ式にジンゲルと発音していた。

　Ｈは、いま使われているのと同じ意味合いですが、Ｈな話といえば、ＨＥＬＬ（地獄）な話ということになり、「下に落ちる」というしゃれだったワケです」

二十二日
宿舎を飛行場近くの片岡士官舎に移転。ここは搭乗員と、それに付随する整備の隊員が集まっており、若い人ばかりの明るい空気が滾《たぎ》っている。
軍医長が最高位の大尉で同姓の石井氏。搭乗員の長が私より年齢の若い喜多和平中尉。その下に飛曹長クラスのペア一四組がいて、すぐにみんなと仲良しになる。

二十三日
島の東側、太平洋海上から温暖な風、雨を吹きつけてきたので、片岡基地の雪が溶けてしまった。
孤島の雪景を撮ろうと思ったのに残念。

二十四日
艦上攻撃機・天山に乗せてもらい、島の上空を一周。占守からの写真原稿第一便をつくる。

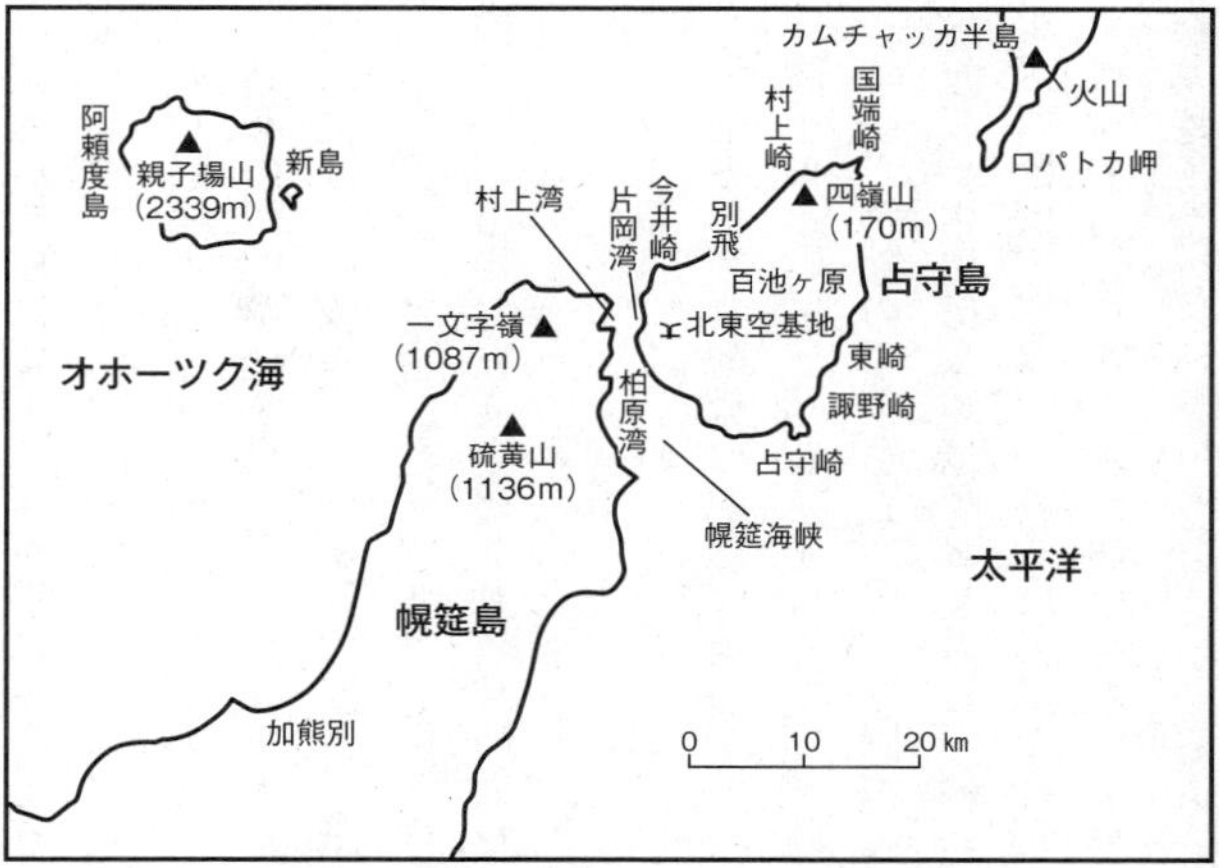

カムチャッカ半島南端の高峰、三千メートルを越すカンベリナヤ火山、俗称カムチャッカ富士が、端正な姿を高く突き出していた。

ブルー・アイスの山、いやメロンのシャーベットを、三千メートルの高さに積みあげたものだ。これが極北の色か。その山裾、半島の突端に鋭角に伸びているのがロパトカ岬。占守島の北端に突き出した国端崎と、わずか十キロの海峡を距《へだ》てて、日ソの領土がにらみ合っている感じは不気味だった。

アリューシャン方面の島アッツ、キスカ島も見たかったが、高度不足で無理。対潜哨戒任務のこの機は、高度五百メートルが原則という。

一周して片岡基地上空にもどると、対岸

の幌筵島柏原に陸軍基地が手にとるように望見できた。平時には日魯漁業のカニ罐工場もあっただけに、町のたたずまいが見える。

長坂君は九七艦攻で武蔵基地（幌筵島）を視察。

B29の帝都空襲を聞く。一万メートルの高空を七十機編隊に侵入されて、撃墜五機とは情けない戦果だ。わが家の安否、気になる。

〔「国端崎」は千島列島の北端、占守島の最北部に細くカムチャッカ半島に向かって伸びている岬で、文字どおり当時の大日本帝都地図の最果てに位する地でした〕

二十七日
午前中、非常配備の警報が鳴る。

陸軍の隼戦闘機、闘志をはらんで離陸してゆく。

午後、解除のすきを狙って、片岡湾の「神風」へ原稿輸送便を頼みに出かける。原稿包みの中には未現像フィルムと一緒に、酒保で仕入れた甘味二箱も入れておく。無事に届けば、写真部の甘党は喜ぶことだろう。

一四・三〇　警報ふたたび鳴る。隼七機、「神風」のマストをかすめて、幌筵島武蔵基地上空へ。

夕食後、士官集会所へ誘われる。メンバーは石井軍医長、喜多分隊長、高橋（電信）、原口（整備）両兵曹長、それにわれら三人。

集会所には接待婦がいて、若い士官たちのごきげんをとり結んでいた。宴盛んになったとき、「第二警戒配備」発令で、宿舎に引き揚げる。

「敵水上艦艇が近接中。中千島松輪島が危なし」と。

〔北東空・片岡基地には、対潜哨戒を最重要任務とする四機（一コ分隊）の九七式艦攻と新鋭の天山艦攻が一機。防空戦闘機は、この基地に間借り進出している陸軍の隼が八機でした。千歳の司令部で、一ノ宮参謀長が言った「鉄壁の北の守り」とは、空に関する限り、それが全兵力の実態、心細い守りだったのです〕

二十八日

別飛《べっとび》の地下送信所を見学する。洞窟は堅固に掘られているが、敵上陸の公算もっとも高いこの地区の、しかも海に面した斜面に通信連絡の重要施設を置くとは、理解しがたい仕掛けだ。

朝食　〇六・三〇　中食　一〇・三〇　夕食　一六・〇〇

二十九日

船団出港。直掩の九七艦攻に搭乗を許される。

〇八・〇〇　荒谷兵曹操縦の二直機。中央の偵察員席にもぐりこむと離陸。油パイプの不調でいったん降下したが、ふたたび上昇。定員三名の機に私が乗って四名。重量オーバーだったか。

梅川丸、公安丸、海防艦「福江」、それに私たちを占守島まで運んできてくれた駆逐艦「神風」。船団は阿頼戸島東北方の海域を南西に航行していた。あの「神風」に私の写真原稿と、家族友人への軍事郵便が乗っているのだ。無事、小樽へ着いてくれ、と祈る。

空は雲層厚く、しかも低く垂れこめているので、絞りF三・五開放、四十分ノ一秒の低速シャッターにする。

狭い風防の中に、飛行服救命胴衣の男ふたりが入っているので、撮影動作すこぶる不自由。

しかし、荒谷兵曹の操縦は、離陸前の打ち合わせどおり巧みに、写真用の角度を選んでくれた。

先導の「福江」は小粒で、マッチ棒を浮かべたみたい。「神風」は「福江」と並ぶせいか、堂々とした貫禄をみせながら、艦首に白い波を蹴散らせている。超低空でそのマストをかすめると、艦橋や甲板の色が、なつかしく眼下に。これは六十分ノ一秒で流し撮り。

離陸後一時間ほどの取材でカメラを遠慮。ふたたび偵察員のヒザもとにもぐって、海面を見張る。ハラの中では、敵潜水艦の航跡でも現われないか、と無責任な期待感を抱く。

一〇・〇〇　直掩任務の時間は終わり、船団上空に大きく翼を振って別れを告げる。「一路平安を祈る」だ。

交替の僚機、時間違わず雲の切れ間から姿を現わす。帰投、出撃の両機、お互いの武運を祈って、大きくバンクを交わす。水平線が左右の翼下に揺れるのを見て、はじめてそれとわかる穏やかな飛行ぶりであった。

一〇・二〇　片岡基地滑走路上空。今井崎から別飛沼付近の陣地がよく見える。海岸線の戦車壕は、複雑な線を描いて迷路のよう。

一〇・二二　着陸。二百五十キロの爆弾と私がひとり、余計者が乗っていたので、荒谷兵曹は高度の技術を要したらしい。

一〇・三〇　中食、昼めしがいつもより美味。

三十日

〇六・三〇　起床。寝すぎてあわてて朝食にすべりこむ。

昨夜の雪が十五センチほどに積もったので、スキー用具一式をもらい、滑ってみる。ミックスを塗ってみたが、雪質は湿潤で、まだシー・ハイルを叫ぶワケにはゆかなかった。

滑降三十分ほどで第二警戒配備。つづいて空襲警報のサイレン。部屋にもどってバルダックス（2B）とライカ（DⅢ）をワシづかみ、外にとび出す。

隼が機銃の試射をやりながら、東の空に急上昇して行った。その方向がアッツ、キスカからの敵機侵入コースなのだ。しばらくして遠い爆弾の音、地表を伝わってくる。どこをやられたのかは、見当もつかない。ただ敵機が、この片岡上空に侵入してきて、私のファインダーに入ってくれることを念じ、夕暮れの雪上にたたずむ。

一五・〇〇　視界はすっかり暗くなって、写真はダメになる。隼が両翼の標識灯を明るく、脚も出して、友軍機であることを示しながら、海峡の東口から帰投してきた。一機、二機、流星のように照明灯を照らした隼が着陸すると、間もなく警報解除。全機無事帰還だ。

〔コンソリデーテッドB24の編隊は、占守島を中心にすると、時計の文字盤の三時（東方のアリューシャン列島方面）の方向から接近し、四、五、六時の幌筵島上空を回ってから、まっすぐ十二時の方向、カムチャッカ半島に北上して、遁走する、それがお定食コースでしたが、隼戦闘隊は敵編隊を四時、五時の付近で捕捉して、迎撃戦を開始するのでした。

帰還コースに入るとB24は、十二時の上空から一時の東方向に変針して逃走を計るのですが、隼は燃料のつづく限り、ときにはアリューシャンの島近くまで、執拗に追って行くのでした。

隊長の中島陸軍大尉は、燃料ギリギリいっぱい喰いさがったあと、敵機と並行して飛びながら翼を大きく振ってバンク、「本日の戦闘これにて終わり」。別れの挨拶を送って反転、帰投して来るとか。そして挨拶をうけたB24編隊も翼を振り、礼を返してくるという。

「敵もなかなか味な芸当を心得ていますな」と語る戦闘機隊長の笑顔は爽やかでした〕

十二月一日

幌筵島の武蔵飛行場。格納庫の前には、米軍のアッツ攻撃に応じて急遽進出してきた野中五郎飛行隊長がひきいる752空の一式陸攻がならんでいる。

雪少し積もる。腹べらしにスキー。

二日

夕食後、通信室へ行って桑港《サンフランシスコ》よりの放送を聞く。

サイパンのアーノルド大将の言明によれば、「東京空襲こそは、アメリカが勝利攻勢への第一歩――反枢軸国家群が大攻勢への序幕である。

しかも陸海空軍の日本本土上陸の前提であって、軍需生産の破壊を狙い、支那大陸より八幡製鉄所を襲い、東京空襲では中島飛行機工場に命中弾を与えたり」と。さらに米報道員の報道では、

「B29に対抗する日本戦闘機なく、舞い上がってくる迎撃機も、編隊には近寄れず、

闘志も不足。加えて地上からの対空砲火も微弱であった。

神風体当たりにも対抗戦術を用い、月産千五百機の中島飛行機工場も、今度の空襲で致命的な打撃をうけた。

十一月二十六日、サイパンに来襲した日本機は、十三機を失った上、なにもなすことなかった」という。

以上、その放送内容の何割りかは、差し引いて聞かねば危険と思うが、米軍放送のままをメモしておく。

四日

朝来晴れ渡って、幌筵島の銀嶺その全容を現わす。

艦攻隊が、船団護衛に飛び立って行く。飛行帽とマフラーで目だけ出した若い搭乗員の澄んだ目、双眸の輝きを美しいと思った。

隼が超低空で対戦闘機戦の訓練をやっている。

きょうも北の空は安穏だ。夕食前のスキーで、夕食がうまかった。

五日

五十一警備隊に行き、散髪をしてもらう。一ヵ月ぶりのバリカンにさっぱりした気分。

六日

午後、士官舎前で神風陸戦隊の雪中演習を撮る。小雪まじりの曇天にライカ一本。〔冬至近いこの時期の太陽は、水平線の左から出ると、まりを蹴あげた程度の高さまで登り、すぐにまた水平線の右に没してゆく。日の出から日没までの角度が、首を動かさずに眺めることができたのです〕

七日

敵機動部隊来襲の算大にして、払暁〇五・〇〇より第二警戒配備にはいる。その警戒下、駆逐艦「野風」が出港するので、北千島原稿第二便を東京に送る。内容は直掩機より撮影の「北洋をゆく輸送船団」「神風陸戦隊の訓練」「隼戦闘隊の活躍」等々。

八日

きょう米軍第九艦隊（米・北洋艦隊）の策動あって然るべし、と期待していたが、占守地区はすこぶる平穏。ただ喜多中尉の情報では、対岸の武蔵基地が危ない、と。天候悪く吹雪なので、終日、三角兵舎。東京はどうなっているのか、ラジオがなくて戦局の動きを知る由もない。

ストーブの傍らで国木田独歩を愛読するが、こんなときはやはり東京を思い、A子を思い、望郷の思いを深くする。

九日

昨夜はあれから、士官室で喜多中尉らと戦局の行方を語って談論風発。消燈時間はおろか二四・〇〇すぎまで、ローソクの灯をたよりに夜更《ふ》かし。お陰で今朝は眠かったが、朝食前に腹べらしのスキーでひと汗。

東京の生活で厳冬の朝の五時起きなど、特例に属するのだが、まずは健康だ。

〇八・〇〇　別所ヶ岡の第五高射砲隊訪問。黒い岩肌にまだらの白雪をかぶった断崖が、背景効果もよく、北千島の対空陣地を撮影。露出データは一三・〇〇現在曇天で、F四・五、二十分ノ一秒ないし三十分ノ一秒。フィルムFP、ノーフィルター。

無線班で聞いたラジオは、「レイテ作戦に、わが方の落下傘部隊、空挺部隊が大活躍」を報じていた。南方海域の派手な報道を聞いていると、覚悟の上ながら、雪に埋まって、なすこともない自分が、もどかしくなってくる。

気象班の班長が面白いナゾナゾをかけてきた。占守の気象班（航空）とかけて、高射砲隊と解く。こころは、どちらも当たらぬ。

北海の天候の予測しがたいのを、自嘲気味に嘆いてのナゾナゾだった。

片岡士官舎にもどると、軍医長がレコードを鳴らしていた。音楽は珍しくもスティン・ソング（乾杯の唄）と思ったら、イタリーのジョビネッツァだった。

数日前にも荒城の月（フォイヤマンのチェロ独奏）を、ドリゴのセレナードと聞きまちがえた。なぜ？　なぜだ。そんなはずのない単純なミスをくり返すことの多くなった自分。「大丈夫なのかな」と不安を感じる。

十日

岸本盛雄（操縦）、田上甲子雄（偵察）、上飛曹の天山（艦攻）操訓に同乗する。

気温低く、風速も激しいので、気化器凍結のおそれもあり。大事をとって三回目の飛行に搭乗。幌筵島の文字嶺をバックに、中央席から後部偵察員を被写体とする。

天山の座席は広いので、九七艦攻より撮影がラクだ。

急降下、胃袋が胸に突きあげてくる。反対に急上昇では、五臓六腑が重く、ヘソの下に押しつけられてゆく。小さなライカがヒザの上にくっついたまま、持ちあげることもできなかった。千八百馬力の天山が、その馬力にものをいわせての訓練だから、目がくらみ、胸の悪くなるのも仕方なかったろう。

ただしピストに帰ってからは、そのことは内緒。つぎのとき乗せてくれないと困る。

十三日

「除雪車を動かすから来ませんか」と、山県工曹長より誘いの電話。さっそくカメラを肩に滑走路へ駆けつける。ありがたいことに快晴で、カムチャッカの山までスッキリ視界が抜けている。

滑走路にはもう除雪車四台が並んでいた。艦攻を配し、隼を配し、ロータリー車が吹き上げる雪煙りを写しまくった。

いつものことだが、仕事をすると急に元気になり、きげんがよくなる。

上空で天山と隼が、空中戦を演じている。陸海協同訓練だ。ほんとうは、あの天山へ乗れるはずだったのに、整備担当の分隊士の横やりでダメにされてしまったのである。しかし、除雪車の活躍を思う存分写したいまは、不思議にうらみがましい気持ちが失せている。

原稿整理をしていると、久しぶりに夜食が出た。丼に溢れるばかりの田舎しるこ。遠慮なしに二杯目も所望する。軍医長は大笑い。

十四日

スキーに明け、スキーに暮れる。〇六・〇〇（午前六時）の気温、氷点下八度。

十五日

雲高二千メートル、高ぐもり。阿頼度の親子場山（二千三百三十九メートル）も幌筵の硫黄山（千百三十六メートル）も、カムチャッカのカンベリナヤ火山も、エメラルド色のシャーベット。除雪車が大量に、昨夜の大雪を片づけている。決定版をものにした一昨日の満足も、きょうは過去のこと。ついまたライカのファインダーをのぞいてハリきる。

十六日

三高射の陸戦隊が擬装の白布をまとって、雪中訓練をやっている。午後になると、雲ひとつない快晴となったので、梅ヶ丘の陣地まで行き、機銃を写させてもらう。銃身に氷の華が咲いて、不気味な抽象模様。さわるとユビが吸いつく。

このつぎの船団が入港するまでに、今井崎の沿岸砲と別飛の戦車隊を取材すれば、「北の守り」の大体のプログラムは完了の運び。

十七日
吹雪。飛雪に視界なし。読書、食事、午睡、便通、就寝。それが倦怠のきょうの日課。

十八日
一二・〇〇　第六兵舎で映画観賞の午後。長沙作戦の日本ニュース。郷土便り福岡篇。片岡千恵蔵の「鴛鴦《おしどり》道中」女優は村田知恵子。

大陸の実戦を写しているニュース映画を見ていると、雪に埋もれて守備隊陣地を撮影している自分が、やるせなくなる。

福岡便りに出てきたSが、いきなり郷愁をかりたててきて参った。

兵隊の心も同じだったと察するが、忘れていた痛みみたいなもの。東京のことがなつかしくなってしまった。

女というものは、どうしてこうも、男の心をかきむしるのだろう。「集会所を襲いたくなったな」と、石井軍医長と喜多中尉が意気投合していた。むりもない二十代半ばの青年たちだ。

占守新聞によれば、十二月十二日の帝都空襲は、東京の南部を盲爆され、水上消防艇が活躍した、とある。第一波から十数波に達する空襲では、四谷（新宿区）のわが家も絶望か。両親、妹の無事を祈る。

二十一日

久しぶりの好天だが、きのうの三種混合の注射が、まだこたえていて頭痛。日ごろの元気なし。

一四・〇〇　非常警報。

一五・〇〇　敵機、幌筵島武蔵基地に来襲。

二十二日

北千島よりの第三便を、内地帰還の永石主計長に托す。配給の甘味品も少し入れたので包みがやや大きくなり、気がひける。

長坂記者とひさびさの干根司令部を訪ね、通信参謀、機関参謀をまじえ、戦局の動静を語る。

宿舎にもどると、なつかしさいっぱいの内地便りが届いていた。熊取敏之君のは警報発令下の筆とあるが、文中に落ち着きがうかがわれ、心丈夫であった。

〔戦後、国立放射線科学研究所長となった熊取敏之博士は、彼の医学生時代から私の遊び仲間。原爆投下直後の広島に入って医療活動をつづけ、戦後は国立第一病院に入院した第五福龍丸事件の船長久保山さんの主治医として活躍するのですが、当時国内はもちろん、世界中に報道された、病床の久保山さんの写真は、私の撮影希望に対する、氏の友情ある計らいからだ。もちろん、悲惨なこの放射能の事件に対する氏の、医師としての悲願が、報道に関して大きな理解のもとになっていたことは確かですが〕

二十五日（大正天皇祭）
○七・三〇　皇居遙拝。飛行作業休めで、終日スキー訓練。
フレッチャー艦隊クリスマスを期して、なんらかの行動に出るのではないかと、成り行きを警戒していたが平穏。敵の北方勢力も南下して、この方面の作戦に手うすを感じ出しているようす。

二十六日

朝日新聞写真部の小島正さんが、陸軍の報道班員として柏原（幌筵島）に着任した由。電話がかかってきた。海峡をへだてて向こう岸とはいえ、友遠方より来たるの感。なつかしさがいっぱいだ。

二十八日

お正月の前ぶれ、餅つきはじまる。東京の人たちは空襲下に望み得べくもない餅。極北の戦地で食べる餅。

南にあっても北にあっても、月明の美しさは変わらないが、純白の雪肌に青い光を浴びている占守島の夜は、神秘そのもの。

飛行場ではその月明かりを利して、隼が夜間戦闘の訓練に励んでいる。エンジンの唸りを聞いていると、ストーブに当たって、室内にジッとしているのがたまらない。

ライカと三脚、閃光器を用意して指揮所へ出てゆく。高台の滑走路に登ってゆくと、対岸の柏原・北の台あたりに布陣した照射燈が、パノラマでも見るように、ピカリピカリと点滅して、寒風も忘れさせる眺めだ。

二十九日
春牟古丹《ハルムコタン》島・捨子古丹《シャシコタン》島への物糧投下要務飛行に同乗、撮影に行く。乗機は九七式艦攻。〔千島列島を南・中・北千島と分別すれば、春牟古丹・捨子古丹島は、北千島のもっとも北海道寄りの南部に位置します〕
〇九・〇〇　B滑走路より発進。操縦野口行孝上飛曹、電信長永野甫上飛曹、偵察高橋喜一郎飛曹長。私は三番席の永野上飛曹の席へうずくまるように割り込む。外界は見えないが、永野電信員が差し出す説明の紙片を読んでは、中腰に立って風防の外を覗く。
敵上陸の算すこぶる大、と思われる武蔵基地周辺は平坦な海岸線、なるほど地形的に友軍に不利と見えた。海面はクリーム状に凍結している。
摺鉢飛行場に除雪車が動いていた。飛行機はまったくないのに。——
一〇・二〇　春牟古丹上空。二旋、三旋、白銀の中に人影発見。アリの如し。北側から突っ込んで物糧の落下傘投下。梱包の中身は真空管、それに少量の甘味品。それより前、私は高橋偵察員の合図で撮影準備完了。風防から半身をのりだす形で、尾部およびその下方を見つめる。

純白の傘ひとつ、昇降舵の左下方に浮かぶ。バックは黒紺の海。そこに削り落ちた百五十メートルほどの氷壁。構図よく一発目のシャッターをきる。つづいて二番目の傘、空中に浮かんでくらげのようにふたつ、氷雪の山と海を背景に流れてゆく。図柄はこの方がよさそうだが、わが戦いは二、三秒のシャッター・チャンスで終末を告げ、機はさらに南南西に針路をとって捨子古丹島へ向かう。

捨子古丹上空は気流悪く、陽光も認められず。せっかくの落下傘四コも、地上の雪と識別困難で、写真には条件が悪かったが、海軍旗を振る兵、手を振りあげる兵、絶海の孤島に久しぶりの友軍機を仰ぐ守備隊兵の心が、手にとるようにわかる。

一一・〇〇　帰航につく。仕事が終わった安心から、少量の胃液を嘔吐。寒気と空腹。酔ったのだが、腹から出るものがない。

機窓に、雪が直線の横縞を描いている。倦怠感から眠気が出てきたので、これ幸いと、タンクにほお杖ついて寝込む。

一二・一五　気がついたら片岡上空。地上に降り立つと、不快はたちまち霧消。指揮所のストーブに煖をとりながらのカルピス、ミカンの罐詰、やたらにうまかった。

〔搭乗員たちは、各自に電熱服を着用しているのだから、何時間飛んでも平気。だが、借り着の飛行服にはそれがなく、雪雲を突き抜け、零下数十度の空に天蓋を開いて写真撮影をやる私のからだは、冷凍寸前でした。

それにしても人間は、からだが冷えると、どうしてオシッコが出たくなるのか。このときのがまんはつらかった〕

三十日

一一・〇〇　敵四発大型機二機、蔭ノ澗上空より片岡湾に侵入。私はいったん待避壕へ潜ったが、思い直して外へ出る。

コンソリデーテッドB24一機が、飛行雲を曳いて滑走路の真上を、阿頼度方向に航過、雲の中へ姿を消す。しかし、ふたたび反転して近づいて来るのが、爆音でわかる。上昇して行った隼の機銃が、雲の中で鳴る。

高射砲が弾幕を張るが、敵機はそのはるかの高空を、ゆうゆうと左に変針。カムチャッカ半島の上に逃げこもうとしている。

キラリ、隼がケシ粒のような点になって光った。追撃しているのだが、高度不足か。

レーダーはソ連領上空をかすめて、アッツ島方面へ帰投するB24の機影を確認、やがて警報解除となる。

きょうの彼は偵察が主任務らしく、爆弾の投下はなかった。

三十一日

さいはての地にあっては、大つごもりもなんという感慨もなし。

東京はどんなだろう。門松の飾りもなく三人の息子は、戦地。

〔長兄昇は上海事変以来、海軍で出征し、この時期にはガダルカナル島に隣接するコロンバンガラ島に駐屯。次男はかくいう私。末弟禄三郎は内蒙から長沙作戦に転戦の戦車兵でした〕

父や母の迎える寂しい正月を思い、また銀座を歩き、女友達チコのいるバーで、除夜の鐘を聞いたころをなつかしむ。

消燈時間が一時間半も延長される。

蒼白き月光

皇紀二六〇五年一月元日

昭和二十年、とうとうおれも三十歳（数え年）。人がいうほど更《あらた》まっての感もないが、大人の世界に足を踏み入れた気もする。

〇七・〇五　軍艦旗掲揚。皇居遙拝式。

式後、千根《チコン》司令官久保中将に年頭挨拶。司令官は、われら民間人の年賀を大変喜んでくれ、折からの神社祭に供えた神酒を贈ってくれる。

一〇・三〇　片岡兵舎本部で、総員新年祝賀会。副長小林中佐を中心に、准士官以上が祝酒に放歌高吟する。

雪に明く　千島の春や　かもめ舞い
元朝や　軍艦旗高く　ゆき空に

（ご愛嬌の句作なり）

二日

本部前のスロープで、スキー競技会あり、私たち報道班員三人も招かれて出場。

空はきのうにつづいて快晴。雪質がよくなったので、思いきり滑る。ここの滑降は、目玉を右に向ければ右に、左に向ければ左に、とシュテム・クリスチャニヤが自由自

千島方面特別根拠地隊司令官久保九次中将（右）と海兵同期の戸塚道太郎長官。

在。上衣も脱いで裸スキーを楽しむ。ただし転倒したときは、えらく冷たい。

夜は本部で陸・海・空の交歓新年会。宴終わって半月の光をたよりに、雪道を片岡地区に帰営する。蒼白い月光は感傷を誘い、A子への思慕が高まる。

三日

けさも雑煮。鳥のだしがきいて美味。おかわり三杯で、いささか気がひけた。

軍医長石井大尉、分隊長喜多中尉ほかスキー自慢の分隊士らに誘われて、長崎方面へスキーツアーを試みる。総勢十名。

郡司ヶ丘付近の斜面で大滑走。薄く塗ったミックスが雪質にピッタリで、回転もスピードも思いのままに。北大出身の菅原少尉、千葉少尉に後塵を浴びせた格好になり、ちょっと得意。

四日―五日
猛吹雪。一歩も外へ出られない。

搭乗員たちを招待して新年会にする。

彼らは特攻隊に参加出撃できないことを残念がっていたが、長坂君は、「特攻出撃を残酷だ」と、彼らが帰ったあとで言い出す。

あの若者たちを、神風攻撃の名の下に死地に追いやる作戦の、非人間的な冷酷さに、長坂君のヒューマニズムは、がまんができないのであった。

「石井君はやれるか」と言われて、私も返事ができなかった。

〔私たち報道班員には、一名につき一升ビン三本の酒が、毎月配給されたが、呑み助は長坂君ひとり。釣君と私は甘党だったので、ふたりの分は、いつも長坂君の枕もとを飾っていました。そしてほかにも千根司令官や、航空隊副長からの差し入れがあって、多いときは十五本の一升ビンの中味が、長坂君のハラに流れこんでいた計算になるのです。

酒豪の彼はごきげんだったが、軍隊経験をもつ彼の特技は朝、寝床の中にカラの一升ビンを抱き入れては無念無想、静かにチョロチョロと音をたてることでした。

音が止まると彼は慎重に、ふたたび一升ビンを寝床の中からとり出し、枕もとに置く。一升ビンの中には、半分からやや上の線まで、酒とよく似た色の液体が注入されてあるのです。

人間のからだから、いちどきに大変な量の液体が排出されるのを知って私は驚いたが、気の毒なのは、それを片づける役の従兵君でした。

まちがえてホンものの方を捨ててはいけないので、液体の鑑別をしなくてはいけません。

おそるおそるビンの口に鼻をもってゆく。ホンものの酒のときのホッとした顔には、「よかったね」と、傍らから、祝福を送ってやりたくなるが、特技の正体がツンと鼻を突いた刹那の表情には、慰めることばもなかったのです。

特攻作戦を批判するヒューマニストの長坂君にしては、従兵氏の人間性を考えない仕打ち、と思えたが、兵隊あがりの彼には、古参兵と新兵との別のつきあい方を知っていたのかも知れません」

八日

左足の脛《すね》がむくんで、押すとまんじゅうのように凹む。脚気を心配したが、軍医長はあまり気にしなくていい、とカルシウム注射一本だけ。

このとき病室での軍医長を初めて見たのだが、医は仁術なりの古語を、あらためて知った。健康の不調と一緒に弱くなった心を、精一杯、軍医長に頼っている兵隊たちの表情が軍医長の態度ひとつで明るくもなり、暗くもなるのがよくわかる。

陸軍報道班員で柏原基地に来ているM氏（北海道新聞）が、海峡を渡って来訪し、情報交換。朝日の小島氏が胸膜を患ったことを知る。

幸便に甘味品を見舞いに贈る。

九日　吹雪

春牟古丹、捨子古丹島の物量投下飛行と、B24の来襲記録フィルムにエトキをつける。

十日

武装スキー行軍に参加。片岡基地から本部・通信所・別飛・片岡。行程十キロのツアーを楽しむ。

十一日

わが船団七十浬の海面を北上中。艦攻隊の新春初飛行が輸送船直掩となる。内地のたより、新聞・酒保品を積んだ船団よ、無事に入港せよ。これが島にいる将兵全部の祈りだ。

十二日

三機編隊のB24、高空に飛行雲を曳いて片岡上空に侵入。小谷島に投爆。陸軍の隼追跡するも捕捉し得ず。しかし、船団は無事入港。東京便り届く。夜間戦闘機「月光」の写真が、石井海軍報道班員撮影のクレジット入りで、朝日新聞に掲載されていた。千歳基地で取材のもの。

十七日

吹雪がつづいて、五日間もなすこととなしの地下壕生活。永石主計長、喜多分隊長らも退屈して遊びにみえる。私も飲めない酒を飲む。

酔うと出る歌は、いつもソーラン節。

〝姉と妹は……〟Hな替え歌をがなっているうちは賑やかだが、いつの間にか〝男なら〟になる。うた声が湿って、沈んだ調子になってゆく。従兵君に頼んで歌詞を教わる。

㈠男なら　男なら
　せくな騒ぐな　最期のときにゃ
艦《ふね》は傾く　灯《あかり》は消える
陛下バンザイ　あちこちに
トコ　そうだよ　やってきな
㈡帰らない　帰らない
　この身を知らずに　あの娘《コ》は待つが
いとし　背の君　波の上
　こよい　いずこの　波まくら
　トコ　そうだよ　やってきな
㈠の方の艦が沈んでゆく情景は、後述する「快鳳」の最期とピッタリでした」

十八日　晴れ
久しぶりのお日さまに、外へ出てみて驚く。数日来の烈風は、積雪を吹きとばし、地表にはボサが頭を出し、一帯はもの凄いスカブラ（波形）状となっていた。

哨戒から帰投してきた岸本兵曹、着陸の際、雪堤に機首を突っこみ、唇を切る。

損害はプロペラのみ。

きのう一月十七日、豊受大神宮が敵機の目標となり損壊す、と。

〔幾日も暴風雪が荒れ狂ったあと、ウソのように晴れあがった、静かな日が訪れます。非番の兵隊たちは、早朝から海辺へ出てゆき、カモを手づかみにしてきます。荒波にもまれ、陸地にあがれば風に吹きとばされて疲労困憊《こんぱい》、人間が素手でつかまえに行っても、カモたちは身動きができなくなっているのです。兵隊たちは、「波に悪酔いしているのです。一緒にカモ捕りにゆきませんか」と誘ってくれました。首から顔に赤と緑の模様が入っていて、学のあるのが「おいらんガモ」という名を教えてくれましたが、真偽は不明です〕

二十一日
一〇・二五　空襲警報発令。近ごろ敵さんの悪いクセで、いつも昼めしどきに飛んでくる。
せっかくの料理を冷たくしてしまうので、防空壕に避退しながらハラを立てる。それにしても、一歩も外へ出られないこの吹雪に来襲するとは、彼らの闘志も侮れぬ。

国端崎付近に爆弾が落ちたが、盲爆に被害なし。

白魔に忍従の生活。新聞も雑誌も読みあきて夢、内地の夢。なつかしい彼女たちの夢。A子、C子、T子、M子、みんな夢の中では、やさしくほほ笑んでいてくれる。

二十四日

幌筵島の山、噴煙悠然と早春をしのばせる。
○九・三○　警戒警報発令。きょうは艦攻指揮所の丘で、B24の四機編隊と、隼八機の空中戦を、百八十度の視界に終始、観戦。
アッツ島基地から発進した敵編隊は、東方の太平洋側から、幌筵島摺鉢基地上空、武蔵を航過して占守島片岡湾上空に侵入して来たが、隼は摺鉢上空で接敵。加熊別上空から突撃を開始する。

幌筵島の背稜はるかの高空に、コンソリデーテッド四発機の曳く飛行雲と、隼の絹糸のような飛行雲が抽象模様の曲線で交錯し、柏原上空にかかると、高射砲の弾幕がさらに絣《かすり》模様を織りなす。

一○・○○　片岡基地に空襲警報のサイレン。

B24のジュラルミンの機体が、キラリキラリと青空にまぶしく光る。

針路やや北側にずれて、今井崎寄りに曳く四本の太い飛行雲を挟んで、中島大尉機を先頭に八機の隼が、七千メートルの空に逆落とし。地上から雪の反射をうけて、小さな機体が白銀に光って見える。

十三ミリ機銃の連続音が、頭上意外な近さで響いてくる。

ダイブをかけた隼一機、そのままの態勢で地上に突っこんでくる。三秒、四秒、五秒――「もしや―」の不吉な予感が背筋を走った瞬間、機首が立て直って、ヘビが鎌首をもち上げるように急上昇。私はピストの標識を前景に、夢中でシャッター・ボタンを押しつづける。

敵四番機一機、編隊を落伍。エンジンから白煙を噴きながら、みるみるうちに高度を下げてゆく。隼二機、これに追い討ちをかけると、白煙は赤い焔となり、瞬間パッと閃光を発して、空中分解。火焔の塊りは、メラメラと燃えながら、三つにも四つにもなって、ロパトカ岬の方向に落ちていった。

墜落してゆくB24を目視したとき、私はからだの中に、血液の沸騰を覚えた。

残余の三機は、カムチャッカ半島沿岸沿いに北上遁走して行ったが、隼の一機は、なおそれを追って遠く、白い雲を曳いていた。

一式戦闘機隼。軽快な格闘性、すぐれた安定性、信頼性などは他に類を見ず、陸軍戦闘機のうち最高の生産数が名機であったことを立証している。

この日の戦果。撃墜一機、撃破一機、一不時着の公算大（敵機の発信する無線傍受）。わが方の損害被弾機一機。

二十五日　快晴

「敵機来襲の算大なり」の情報くる。前日に味をしめ、ふたたび艦攻ピストへ詰めかける。

○九・三○　突然、空襲警報。戦法を変えた敵機は、超低空で海面を這ってきたのである。

隼戦闘隊、雪煙を捲いて離陸、迎撃に。

敵機、小谷島を爆撃の報入る。

小谷島方向の空を見ると、なるほどチカチカと、逆光に翼を輝かせて、隼の突撃が開始されていた。

よほどの低空とみえて、占守島の低い丘陵の向こうに、双発機が見えかくれする。B25だ。望遠鏡でそれを追うが、爆撃機とは思えない軽快さで、一瞬のうちに丘の蔭に姿を消してしまった。

来襲機B25四機、B24四機、計八機。うち撃破三機。わが方も被弾二機。負傷一名を出す。

二十六日

小林副長と一緒に、陸軍の岩山軍曹を見舞う。きのうの迎撃戦で、両腕を十三ミリ機銃で撃ち砕かれながら、口と脚で操縦桿を操り帰還した軍曹の、技術と精神力には心うたれる。

軍曹の話では、操縦桿にハンカチを結びつけ、そのハンカチを口でくわえて、着陸までの操作をしたという。勇猛沈着だったのだ。

二十七日

昨夜から吹きだした風、ますます猛《たけ》る。風速は二十メートルの針を越した。退屈して、私室と公室を幾度となく往復する。

夜食にしる粉。丼二杯、内地の人たちにすまぬ。

二十八日
風速、依然として二十メートル。飛雪。悪天に閉ざされてすでに三日目。ひたすら戦線文庫を読み漁《あさ》る。最近はロシア文学、というよりも、ロシア人への関心度が高くなった気がする。

とくに伊勢の漂流民大黒屋光太夫と磯吉の物語を読んで、その感を深くした。

三百年近い昔、アムトチカ島からペテルスブルグ、モスクワ、ヤクーツクなどを経て、十一年の歳月を費やしながら、江戸にもどって来たふたりの苦闘に、感銘が強くあった。そして光太夫と磯吉を、親切に遇したキリル・ラクスマンの人柄にも感動する。

三十一日　吹雪
連日の悪天候で飛べない喜多中尉を訪問。軍令部発の軍極秘「戦訓」を見せてもらう。

鉄・石炭の六十五パーセント。電力・銅の四十五パーセントを失いつつ、なお今日の勝勢を挽回したソ連の旺盛な闘志。「国土の半分を失うとも、最後の勝利のために、全力を尽くす」とチャーチル首相の号令下、黙々と、執拗にヒトラー・ドイツに食いさがった英国民の戦意。ともに侮れずとある。

伯林《ベルリン》陥ちんとして、盟邦独乙《ドイツ》危うく、比島戦線では米軍が勢いに乗じてマニラを衝かんとするとき、自分の心の中に臆するもののあることを知る。

「海軍軍令部発行の分厚い極秘情報書、通称「赤表紙」は、およそ民間人の目にふれることの不可能な、海軍でも上級士官だけのマル秘情報書。読むうちに、私の目を疑わせる、信じることもできない恐ろしい記録が充満していました。たとえば、

昭和　年　月　日　軍艦「陸奥」帝国軍艦籍より除かる。

昭和　年　月　日　軍艦「摩耶」帝国軍艦籍より除かる。

年月日は、私の記憶が不確かなので、あえて空白にしたのですが、私たちが少年のころ無敵となじみ親しんだ戦艦、巡洋艦、空母、駆逐艦の名の数々が、官報の人事異動でも見るようにズラリと並んで沈没。軍艦籍から消されているのでした。

その時期、その六ヵ月間に、すでに日本海軍は、飛車、角、金、銀、桂香をとられ、王将を守るのは歩だけで、戦争をしていたワケ、帝国海軍は壊滅同然だったのです。

読みながら私は、自分の心の動揺を押さえることができなくなりました」

二月一日

慰問映画で大河内伝次郎の「大菩薩峠」、山本嘉一の「水戸黄門」を見る。片岡千恵蔵の助さん。坂東妻三郎の格さんが軽妙秀逸だった。

三日

日中は雨で、春めいた陽気なのに、Ｂ25超低空で蔭ノ澗に来襲。敵さん、雪がやんだらさっそくのお越しだ。ご精の出ること。

玉砕、玉砕。南方洋上の島から玉砕の悲報がつづく。春が来れば、雪が溶ければ、この占守島にも米軍が上陸して来るだろう。そして私たちも同じ「玉砕」の運命に襲われるのだろう。

最期の日、おれはいかにすべきか。敗北主義と叱られようが、その覚悟はしておかなければならない。

東京を出るときから、一瞬もおれの頭から離れなかった悩みなのに、解決はつかない。

玉砕。死ぬ。親父やおふくろの悲しむのはつらいが、壮烈な息子の死、と思って諦めてくれるにちがいない。

とはいっても、おれは死ぬのがいや。死ぬのが怖い。死にたくないと思う。ならば、米軍の捕虜になればいいのだ。米兵の前に白い布きれを振って出てゆく勇気があるならば。――その屈辱に堪えられる自信があるならばだ。

〔生か死か。このページのメモは、二者択一の思いに混乱して、自分自身の優柔不断を語るような自問自答が、冗長にくり返されてつづくのです。つぎのように〕

しかし、全員が死んでしまったら、この島の人たちの奮闘はだれにも知られず、語りつぐ人間もいないまま、アッツ島の最期のように消えてしまうだけ、それでいいのだろうか。

どんなふうに敵を迎え、どんなふうにやっつけ、どんなふうに玉砕していったか、それを伝えるのも、報道班員のおれの役目なのではないだろうか。

その人たちの最期の状況を知らせることによって、遺《のこ》された肉親、家族の人たちは、せめてもの慰めとしてくれるのではないだろうか。

「お前は報道班員。たとえ捕虜になっても、生きてゆかなければならないのだ」

「いや、お前は死が怖いから、そんな都合のいい逃げ道をこしらえ、自分だけ助かろうとしているのだ。卑怯者である」

〔死して虜囚の辱《はずか》しめをうけてはならない戦陣訓と、非戦闘員の見る死の恐怖の対決。それは結論の出ようはずもなく、最期の瞬間の運命に任せるよりほかなかったが、私はきっと「卑怯者」の道をとっていたにちがいない〕

厳寒の孤島

三月一日
連日の吹雪。永い間、日記を怠けてしまった。

二日
誕生日、満二十九歳を迎えて、搭乗員たちを招待、大いに飲む。

来年もこの日を迎えられるのかどうか、わからないが、艦攻乗りの若者たちに、誕生日祝いをやってもらってうれしかった。

もちろん、この座の人たちの一年後は、と考えれば心が痛む。

話がはずむうち、永野上飛曹（電信員）から偶然、里村欣三さんの戦死を知る。

場所は意外にも比島戦線らしいが、詳細は知る由もなく、ただ暗然たる気持ち。

栗原信画伯、堺誠一郎さんの嘆き、想像にあまりある。

〔里村さんは、画家の栗原さん、作家の堺さんと一緒にマレー・シンガポール戦線で生死を共にした仲間。

戦場という極限の場にあって、兵隊たちがどのような人間でいられるのかを、ヒューマンな探究心から、終始、自転車で第一線を追尾した作家。

転向作家のレッテルに苦しみ、耐える姿に、私は別な意味で立派な人と見ていました〕

十一日

船団入港、東京新聞と手紙が届く。石井特派員撮影の「北方基地」が連載されていたが、印刷不鮮明で、片岡の人たちに恥ずかしかった。

船団見学に行くと、片岡湾に流氷が浮かび、カモの群れがいっぱいその上で遊んでいた。

中には二羽だけが寄り添って、お互いの羽をつつき合っているのも見える。人間のおれさまよりも、カモの方が幸福そうな眺めだ。

新聞を読むたび、東京の実情を知らされ、心が重くなる。

こちらも食糧事情の緊迫で節米を要求され、けさは雑炊食だった。幌筵島の陸軍さんはもっと悲惨で、茶ワンに一杯のカユを、四十分もかけて食っているとか聞く。

十六日

B滑走路の突端で、十三ミリ対空機銃の実弾訓練を取材する。オホーツク海側には結氷があり、気温は氷点下二十度近し。

北西の風身にしみて寒く、ライカの調子にいささか不安を感じる。

海峡には海防艦「八丈」「白崎」などが浮いている。敵機動艦隊が出現したら、この小艦艇が出撃するのだろうが、結果は明らかで心細いことだ。

八〇四戦闘隊が千歳にいる由。北海道へ帰りたくなった。

十七日

硫黄島の戦勢不利を告げ、全滅の日も時間の問題となる。

こちらでは敵軽快艦艇、中千島の松輪島に接近し、一八・三〇（午後六時三十分）

より二十分間、艦砲を撃ち込んでくる。

北方にも春の雪溶けがはじまり、この方面への敵の攻勢企図も露《あら》わになってきた感じ。

十八日

九州南西百八十浬の海面に敵機動部隊が現われ、九州南部に波状攻撃をかけてくる。第一次、第二次神風特攻隊出撃。戦果は目下調査中と。

戦局はいよいよ切迫。内地の人たちの労苦は、想像以上のものがあると思う。この日の自分は、未完成交響楽やベートーヴェンの運命を聴《き》きながら、公室でホットケーキを食べ、甘い紅茶を飲んでいた。

十九日

きょう入った電報で、九州南西の敵兵力は、空母十九隻、戦艦六隻、巡洋艦十七隻、その他合計四十隻内外であることがわかった。

特攻隊の戦果発表が待たれる（電信室で）。

二十日
占守地区に空襲警報。
○九・三〇　百二十五度方向、五十キロ（距離）
○九・三六　百二十度方向、七十キロ
○九・三八　百二十五度方向、七十キロ
○九・四一　百二十五度方向、五十キロ
敵機、片岡基地上空に近づきつつあり。
○九・四三　百十五度方向、四十キロ
以上、第一特別監視哨よりの敵情報告。
○九・四七　蔭ノ澗東方に大型五機発見。高度五千ないし九千メートル。西に飛行中。

つづいて敵蔭ノ澗上空。第一特監のレーダー情報が刻々と、近づく敵編隊の動きを伝えてくる。

敵機、片岡上空の報に屋外へ出ると、頭を押さえつけるような爆音が、真上でうなっている。雲量七ないし八で、高々度の敵機影を目撃することはできなかったが、それだけに余計、頭上の爆音は不気味。どこへ落とすのかわからないからである。

そんなとき連続的な爆発音が、海峡の向こう、柏原方面で起こった。音は意外に小さかったが、弾着は近い感じ。監視哨は柏原の桟橋に、三十九発の爆弾落下を伝えてきた。

低く垂れこめる雪雲のため、弾着の瞬間が撮れなかったのが残念。

朝日の小島カメラマンの安否が心配になる。

二十一日

暑さ寒さも彼岸まで、というが偶然か、こんなさいはての島に、珍しい暖かさ。スキーを履《は》いてみるが、スパイクのように滑らない。

硫黄島全滅の報をきく。悲報につぐ悲報に、張り詰めている気持ちも、とかく崩れそう。

二十二日

天山の操訓に同乗。快晴の占守島一周遊覧飛行としゃれる。

一〇・〇〇（午前十時）喜多中尉操縦で離陸。B滑走路をオホーツク海に出ると、直ちに右旋回。カムチャッカの南端ロパトカ岬が、まっ正面に近くなる。一方、こち

占守島別飛沼水上機基地において、二式水上戦闘機を視察する戸塚長官一行。飛行場の整備されていない前線基地での防空に大きなはたらきをした。

ら側日本領土の最北端、国端崎付近からさらに右へ針路をとって、太平洋へ出る。

北から細長く伸びるロパトカ岬を、国端崎はがっちり受け止めている感じ。海面は氷結、濃紺の洋上を白くしている。

気流悪く、安全ベルト着用の注意があったが、後部座席に座ったままでは撮影操作が困難なので、安全ベルトはせず、機内に立つ。

風防を開けているので、エアー・ポケットに入れば、空中に放り出されて、九十九パーセント命はない。シャッターのたびに、マドの開閉を励行する。

高度八百五十メートル、占守全島一望のうち。別飛海岸を除いて、この島の周囲は、全部氷雪の岩壁。そして、島の内部はゆるい丘陵の起伏。敵上陸を想定すると、いい気持ちはしない。

一〇・三〇　白岩へ降爆訓練。ちょうど巡洋艦ほどの大きさなので、白岩は格好の訓練目標になる。

高度八百五十メートルから突っこみ、四百メートルでひき起こし、三百メートルまで下がる。

急上昇はやはり腹にこたえた。

二十三日
隣室に居候する陸軍の戦闘機隊が、宴会をはじめた。盛宴のいいにおいが、ベニヤ板一枚の壁からもれてきたが、一緒ににぎやかな声も。

「お前もおれも同じよ。なあ、死ぬときは〝チュウ〟を叫んで、死ぬんだから」

どうやら酒のサカナになっているのは、いいにおいのもとネズミ。

同じ飛行場を飛びながら、ここは海軍の基地。陸軍の豪傑もやや遠慮気味の生活で、食糧も豊かではない。雪の中に深さ一メートルくらいの穴を掘り、残飯を投げこんで一晩待つ。

ネズミは残飯のニオイに誘われて、穴へとびこむのだが、出る段になるとアリ地獄。

逃げ出す才覚もないまま、哀れ凍死の運命となる。

風邪のヴィールスさえない厳寒地帯に、腹をこわすような病菌もない。生きながらの冷凍ネズミは翌朝回収されて、忠勇武烈、わが隼の蛋白源となるのだった。

「チュウ」って死ぬ、とネズミの霊を慰めながら、胃袋に埋葬する陸軍さんもなかなかの太っ腹。しゃれっ気もあって大いによろし、だ。

隼の隊長中島大尉とは、先夜も酒杯を交わしたが、そのとき、「物象の内奥に秘められた精神をつかみだすのが、おれの写真――」云々と、大いに気焔をあげてしまったが、中島大尉はジッとおれの目を見つめながら、若い写真芸術論を傾聴してくれていた。

二十六日　吹雪
相変わらず、室内籠城をつづける。軍電報によると、敵機動部隊が沖縄本島に上陸戦を展開した由。
戦艦六隻、空母三隻、巡洋艦六隻に包囲された沖縄守備隊の苦戦が偲《しの》ばれる。
「兵ら黙し　煖炉かこみぬ　雪の音」

二十七日　快晴

陽光溢れて春暖の気。陸軍連絡機、北海道を出発の情報さえ入る。

〇九・三〇　空襲警報。このときすでに『蔭の澗上空に敵機』であわてる。ライカを手に外へ出ると、爆音が頭上にかぶさってくる。兵隊の指さす方を見ると、B24の編隊が一直線に、こちらへ針路をとってくる。

「全員待避」で、反射的に防空壕へとびこむ。しかし、暗闇の壕内を手さぐりで進みながら、なにか割りきれない思いがこみあげてきた。

「お前の使命は、壕内に安閑としていることではない」自らのそんな叱声が聞こえてくる。

私はなにか、自分でもワケのわからないひとり言をいいながら、壕の出口に向かって回れ右をしていた。

「危ないから待て」と、軍医長の声を聞いたのは、あと一歩で出口のところ。同時に弾着の響きが、地底をゆるがせて来た。

爆弾は五百メートル向こうの擬砲台から、片岡波止場にかけて数十発が投下された。白銀の丘陵に、弾痕が醜い斑点をつくっている。紺碧の空に、高射砲の弾幕がくらげのように浮く。しかし、敵編隊はゆうゆうと片岡上空を旋回、戦果を確認して引き揚げていった。
わが方の損害、重油タンクに一発の直撃弾と、死傷者数名。
一三・〇〇　陸軍の九七式重爆到着。春と共に空路が開けたということか。

二十九日
きのう発動された、沖縄海域の天一号作戦の戦果が発表された。今回注目されるのは、魚雷艇の名が初めて登場し、大きな戦果をあげていることだ。
うそかまことか、撃沈破合計三十九隻のうち魚雷艇によるもの、巡洋艦二隻、駆逐艦一隻、哨戒艇一隻轟沈、とある。

三十日
午前中、Ｂ24の定期便。雲量十、雲高千メートルで、機影見えず。
四国南方洋上では、出現した敵機動部隊を迎撃して、わが航空部隊活躍中、と。

四月一日
降雪が少なくなった。そして、自然は正直に霧を運んできた。

外を歩くと、霧の粒子が軍衣を濡らし、銀ネズミ色の国防色が染めあがってしまう。長坂君は記事の中に、「ナイフで切れるような濃いミルク色の霧」と表現する、さすが。

沖縄の戦闘の華々しさに、士官室は巡検後まで暖炉が燃えつづける。

〔ラジオ・ニュースで聞く大本営発表を、私たちは一点の疑念もなく信じ、勝報につぐ勝報に、拡大する戦果の発表を待って、過ごしていたのです〕

二日

午前五時になると、きちんと目がさめる。きのうから朝食が〇五・三〇（午前五時三十分）と、一時間早くなった。

東京を発つとき持ってきた、倉田百三の『出家とその弟子』を読みはじめる。

三日

神武天皇祭。

〇七・〇〇　軍艦旗掲揚。

〇七・〇五　皇居遙拝。

○九・○○　映画見物。片岡千恵蔵の宮本武蔵「一乗寺の決闘」はよかった。
長坂、釣、私、三人揃って千根（千島根拠地隊）の副官を訪ね、内地帰還の相談。

二時間近くも待たされたが、会うとすぐ承諾してくれた。

私たち報道班員の任期は半年。

すでにその任期は満了していたが、この厳寒の孤島に頑張る多くの将兵を残して内地へ帰還することに、うしろめたいものを感じ、帰還手続きの申請は大変な勇気が必要だった。

北東空では副長小林中佐を訪ね、任期満了により内地帰還の諒承を求める。

〔小林副長は、いつの日か玉砕の運命を待つこの島から、私たちが帰還してゆくことを、心の重荷を下ろしたように喜んでくれました〕

五日
陸軍報道班員のK・F氏が幌筵から来泊。二月までいたという空爆下の、東京の状況を聞かせてくれた。
B29の被害を過大視して、絶望的になっていた自分が恥ずかしくなるほど、旺盛な闘志をもって戦っているようす。だが、磊落《らいらく》で気骨のある記者とみたF氏の話を聞いているうち、なぜか不快な気分に落ちこんでいった。

報道班員として生命の危険を省《かえり》みず、前線を歴訪していながら、この人からうける感じはすべて、食うため、だけであった。

精力的な行動家の彼には、自分の及ばないなにかを認め、敬意を表していたのに、「酒はないのか」「酒のサカナをギン蝿（注、調理室へ忍びこんでご馳走にたかる。すなわち盗み食いの海軍用語）して来いよ」などと、私たちの純朴な従兵君を扱う男。「兵隊なんて甘やかすと、つけあがるだけ」とも言う。なんという男。

虚勢を張って、「おれが」「わしが」と新聞記者の特権（そんなものがあるとするなら）みたいなものを振り回し、安っぽいヒロイズムで、世間知らずの軍人たちを眩惑させて歩く男。極端ないい方をすれば、戦争を食いものにしている男の正体と見えた。「では汝は如何」と、逆に問われたら、おれも赤面しないではいられないが、すくなくともこの男を、ここの士官室の人たちには会わせたくない。同業の新聞人として。

〔K・Fに関して、ずいぶんエキサイトしたメモを記していますが、それは彼が典型的な時局便乗主義者に見えたからでしょう〕

六日

小磯国昭内閣総辞職。ソ連が日ソ中立条約を廃棄の報を耳にする。後継の大命は元侍従長鈴木貫太郎海軍大将に降下。社会的に国民生活とも接触のなかった人、事情は知らず、われわれ大衆には奇異の感じが強い。戦局の前途に絶望、悲観。床に入っても、最悪の日の悪夢に追われる。どうやって死んだら一番ラクか。家族、肉親はどうなる。そんなことばかり考えて悩む。

南方作戦のジョホール水道敵前上陸で見た、あの船舶工兵みたいに、胸に一発の貫通銃創で死ぬのが、一番ラクな死に方なのだが。

こんな日記を書いているおれは、敗北主義者か、精神の安定を欠いたか。

七日

船団入港して新聞と手紙が届く。東京の戦況は想像以上に苛烈。写真部だけでも、後輩の横瀬君爆死。U君、K君宅が炎上とある。

横瀬君は、三月十日に直撃弾をくって即死とのこと。ダンディな青年だったのに。U君、K君は命あって、まだ不幸中の幸い、といえそうだ。いずれ我が家も炎上、焼失のうきめは避けられないだろう。

鈴木貫太郎大将は、岡田啓介元首相の支持を得て、順調に組閣工作を進めていると。米内大将、阿南大将の動向が伝えられるとともに、近衛、若槻、平沼氏ら重臣の動きが注目されている。その人たちの過去の経歴思想、信条を思い合わせると、東條・小磯両内閣には見られなかった空気が感じられる。

『出家とその弟子』読了。

「人を愛しなさい。許しなさい。悲しみを耐え忍びなさい。業の催しに苦しみなさい。運命を直視しなさい」

老僧永蓮は、遊女と恋を語る愛弟子唯円を責める。両者の間に涙を流す聖人は、それがいいとも悪いともいえず、

「親鸞は善悪の二字総じてもて、存知せぬのじゃ」

この二行、マレー従軍中に堺誠一郎さんから、日常の生活態度で教えられたところ。そして、「私たちは悪しき人間。他人を裁かぬ人間」親鸞の苦悩も。

私にそんな生き方ができるかどうか、とうてい不可能なことだが、わずかではあっても聖人の教えを知って、強く生きることの勇気を覚える。

「他力本願ってのは、悪いことをしても「南無阿彌陀仏」を唱えれば許してもらえる。こりゃおれ向きの教えだ、と聖人に感謝して、にわか念仏を唱える男がひとり誕生し

たワケ。親鸞さんも救われない方です」

八日

昼めしのあと、石井軍医長、喜多中尉に誘われ、散歩がてらのスキーで本部へ。風もなく雲もない快晴に、滑走路まで出ないうちから全身グッショリの汗。雪面の反射も強く、汗のほおがヒリヒリ焦げるのがわかる。ザラメ雪の上を滑っていると、「春が来たのだな」足の裏から、そんな感慨が湧き上がった。

本部電信室に入って、沖縄の作戦状況をナマ電で聞いてくる。

この日の戦果は、敵特設空母二隻、戦艦一隻その他撃沈、とあるが、わが方の水上遊撃隊は失敗したらしく、戦艦一隻、巡洋艦一隻の損失が発表された。

敵は沖縄周辺に全海軍兵力を投入している模様で、わが連合艦隊の出動も伝わっている。

「大和」の活躍に期待をつなぐ。

〔このときすでに、「大和」は東支那海の海底に水漬く屍となっていました〕

アサヒグラフに、北東方面航空部隊の組写真が掲載されていた。

来島早々に取材送稿したもので、ピストのストーブを囲む搭乗員たちと、天山、九七艦攻の出撃模様だった。

九日

喜多中尉の潜爆訓練で天山に同乗するも、離陸直後に油圧のトラブルで緊急着陸。潤滑油がエンジンに回らないのでは、墜落もしくは不時着のほかない。大洋の上空だったら命はなかったろう。日ごろ温厚冷静な喜多中尉が珍しく声を荒げ、整備兵にハッパをかけた。

十日

占守島唯一の住人、別所二郎蔵氏の説では、九月と四月が年間を通じて、もっとも天候の安定する季節とか、毎日ウソのような快晴の日がつづく。

〇五・〇五　松輪島近海に浮上潜水艦発見の報に、喜多中尉、荒谷兵曹の艦攻二機、ただちに出撃。胴体下に二百五十キロ爆弾各一コを吊るしている。

私たちが帰国の際に乗り組む船団が、大湊を出港して、その付近海面を北上中なのである。

勝手ながら、「しっかり頼んます」と機影を見送る。戦果不明。

十一日

○九・五五　空襲警報発令。艦攻指揮所に駆けつけて、敵機出現を待つ。

永野兵曹まず、蔭ノ澗上空より片岡に侵入してくるB24七機編隊を発見。敵編隊は、先月二十七日と同じ針路をとって迫ってくる。

ジュラルミンの機体、青空に映えるが、黒褐色に擬装塗料の二機は威圧的。高射砲がさかんに航跡を追うが、悲しいことに、弾幕はかなりずれている。

高橋分隊士と一緒に、機銃陣地の掩体に身を寄せ、爆弾落下を待つ。

目測では敵の侵入路がやや、北方へはずれているので、直撃弾の心配はない。編隊は頭上を航過。

カメラをかまえて掩体の外に出る。

「ちょうど落下するときだから危ない」と、背後から高橋分隊士の声。一瞬、恐怖心が働く。だが、落ちてしまったら、千載一遇の機会を逃してしまう、きょうこそ撮らなくては。

「まだですか、もう大丈夫でしょ」

理性と感情が倒錯したことばが走る。その声がかすれているのが、恥ずかしかった。

片岡基地の滑走路上で出動準備中の203空零戦隊。待機所から整備員の手によってつぎつぎと滑走路に押し出され、タンク車から給油をうけている。

弾着音が地の底から突きあげてくる。丘陵の向こうに落ちたらしい。稜線が邪魔して、炸裂の光景は見られない。

がっかりしていると、シャワーでもあびるような音。シャーッと、死のどん帳が降りてきた感じ。

コンソリの第二撃だ。思いきって、掩体から半身をのり出す。

落下弾が狂気のように吠える。だが、これも狙ったのは丘陵の陰の谷間だった。

敵の目標が谷の中にあるので、標高差のあるここから、わずか千メートルの距離なのに、地の利を得ることはできなかった。

投下を終わると敵編隊は、右旋回で今井崎上空から、ロパトカ岬の方へ遁走した。

隼が単機、勇敢に突っ込んでゆくのが見

える。機銃の音がしばらく交叉していたが、やがてもとの片岡基地の静かさに戻っていった。
海峡の方に黒煙があがっている。入港している輸送船の被害を心配したが、それは煙幕展張とのこと。

十二日
船団無事。任期満了で、いよいよ明日は北海道へ帰還の旅立ちとなり、お世話になった各方面の人たちにお礼の挨拶回り。

暗黒の氷海

十三日（金）
いよいよ離島、帰国。出港準備の挨拶に追われ、朝からテンテコ舞い。士官室の石井軍医長、大尉になった喜多分隊長ら、片岡兵舎に勢揃いして「帽振れ」の見送り。送るもの、送られるもの万感交々《こもごも》。いつものことだが、バンザイも歓呼もなく、沈黙のなかに百万語をこめた、「帽振れ！」の見送りに、身のしまる思いだ。

「きょうは十三日の金曜日だね」

栈橋への途中、だれかがフトつぶやいた。

「なあに、そんなもの日本にゃないよ。むしろいやなのは、敵さんの方だろうよ」

同僚の長坂班員と釣報道班員が、期せずして同じことばを吐き、顔を見合わせて笑った。

一三・〇五（午後一時五分）　乗艦「快鳳」、陸軍輸送船大成丸、片岡湾を出港。

私たちの乗艦「快鳳」は、砕氷船を改造したという二千トン足らずの特設砲艦。大成丸（三千トン）には、キスカ島から撤退した暁部隊将兵。この陸軍部隊は撤退後、機密保持のため今日まで占守島に凍結されていたとか。気の毒に。

直掩の九七艦攻飛来。幌筵島との海峡出口を、とくに警戒しているようす。敵潜のもっとも狙いどころだからだ。

二時間交替で二番機。薄暮いっぱいまで頑張ってくれた後、マストすれすれに降下、左右に翼を振って別れを告げて行った。

「サヨーナラ、ご苦労さま」

直掩機のいない、まっ暗な海上、とたんに心細くなる。艦上第一夜、主計長は歓迎の意を表わして、「夕食の献立をおごった」というが、早くも船酔いでご馳走に食欲わかず。

ただ、緑の色をした野菜だけは無理してのみこむ。占守上陸以来、新鮮な野菜を見たのは半年ぶり。ビタミンCは完全に不足している。

十八日
片岡出港以来、航行は平穏につづいたが、昨夜は逆探（敵側が発信するレーダー電波を逆に探知する）が入って緊張した由。そんなこととは知らず、よく眠った。知らないということは、ときにありがたいものだ。

一七・三〇ごろ艦底に衝撃音が起こり、「合戦準備配置につけ」の非常ブザーが鳴る。

轟音を聞くと同時に私は、カメラをひっ下げて甲板へ出る。

だが、艦はなにごともなかったように、順調に波を切っている。

「磁気機雷かも知れんぞ。深度がありすぎて、効果を発揮できなかったのではないか」

先任参謀の中佐が学徒出身の艦長福田大尉に、そんな解説をしていた。

私は士官室を出る際、ちゃんと外套を着用して、「いざ」という場合に備えてきたのだが、悪寒に似たふるえが、全身に伝わる。武者震いならいいのだが、小便が出たくなった。これはシンガポール作戦で、ジョホール水道の敵前渡過をやるときと、同じ現象だ。

便所にとびこんだが、からだはガクガク、艦はピッチングで、なかなかうまくはかどらない。

このとき、ふたたび二発の衝撃音が起こる。しかし、「快鳳」は相変わらず平然と、航進している。

見張台の下に行ってみると、砲手が緊張して海面を見つめ、福田艦長は若いがキビキビと、しかし沈着に行動をしている。

後続の大成丸も無事。そのうしろに真っ赤、燃えるような太陽が、海面に照り輝いていた。この落陽の光景は、一生忘れることはできないだろう。（十八日午後五時四十五分記）

〔北・中・南千島海域を抜けて、あすは北海道沿岸。これまでの緊張もあと一日、というときの状況ですが、私が現在時付でメモを記しているのは、この時間以後、敵潜の動きはいったん沈静したことを物語っているのです〕

しかし、ホッとする暇もなく、ふたたび「左九十度、感度三」逆探が、敵潜水艦の電波をとらえた。「快鳳」は、敵潜のレーダーに捕捉されているのだった。

艦長は海図をひろげ、現在地を捫別沖海面とし、右九十度、北へ針路をとって最短距離の北海道陸岸へ直角に艦首を向けさせた。

室蘭湾へ逃げこんで、敵潜をふりきろうというのである。だが、船脚の遅い輸送船大成丸を連れている。行動の敏速、自由を欠いた。

艦長は五隻の内火艇に水、携帯食糧を積みこませ、最悪の事態に備える。

そして、私たち報道班員には、

「非戦闘員なのだから、〝いざ〟というときには、なにもせず甲板へ出て行って、救命艇に乗るよう」細かい指示をあたえてくれる。

野砲程度の大砲一門と、機銃二梃のこの特設砲艦では、米潜水戦隊の襲撃には敵しようもないが、合戦の場で「逃げる」という行動を、少しも心の負担にしないですむ、艦長の指示はありがたかった。

しかし、私の頭を離れなかったのは、「もしも」だった。私は、私の土佐衛門は絶対に「カメラをからだにつけてなければいけない」と心にきめこんでいた。

それは執念みたいなものだったし、死出の装い、土左衛門になったカメラマンのアクセサリーだったかも知れない。

発見された土左衛門のカメラからはフィルムがとり出され、暗室では「『快鳳』の最期」が現像され、勇敢なる水兵の姿が印画紙に再現される。カメラマン、もって瞑すべしだ。

就寝前、私は従軍用のリュックサックから、小さな紙袋の束をとり出した。占守基地を離れるとき、「北海道へ帰ったら必要だろう」と軍医長がプレゼントしてくれたゴム製品である。

わが神聖な愛機ライカに、この薄いゴム製の袋をかぶせることに、ひどい贖罪《しょくざい》を感じるが、カメラおよびフィルムを海水から守るには、その方法が一番安全と信じた。右から一枚、左から一枚、そしてまた右から左からとゆっくり、お嬢さんが上等のストッキングをはくときのように丁寧に、わが愛機は、六枚のゴム袋の中に納まった。不可思議な防水衣を着せられたカメラの途惑いが感じられて、それはいささかユーモラスな眺めでもあった。

ふたたびカメラを雑嚢《ざつのう》にしまい、靴を揃え、私服の外套を枕に、士官室の固いソファーに横になる。いつでも甲板へとび出せるよう、上着も靴下もそのまま。

十九日

仮眠中の夢を破って敵潜水艦（サン・フィッシュ号＝米側資料による）の魚雷命中。非常ブザーが鳴り、廊下にあわただしい靴の音が聞こえる。

室内はまっ暗。夜光時計は〇〇・二五（午前零時二十五分）を指していた。長坂君が、なにか喚き声をあげながら、扉を押し開いて室外へとび出して行く。

きのう下検分しておいた救命艇へ駆けて行ったのだ。私は遅れていることに焦りを覚えたが、ライカの入った雑嚢を肩に、内火艇のある後部甲板へ昇る。

靴も履《は》き、帽子も外套も身につけていた。そのときまた、執拗に追尾するサン・フィッシュ号の魚雷が、左舷前方に命中音を立てる。横波の揺れに踏みたえている脚が、衝撃によろめく。

「内火艇下ろせ」の叫び声がしきり。私は甲板の中央一号と二号艇の間にあって、暗い甲板上のなりゆきに目をこらす。

星も月もない闇夜に、前方マストが黒々と突き立っていた。マストが垂直なら、まだ沈没に間があると考え、救命艇の準備を待つ。

右舷の一号艇の準備早く、すでに乗り込んだ兵士たちが、溢れるほどにうごめいている。

開戦初期のころ、陸軍の徴用で、南方戦線に従軍した経験では、そういう極限の状況のとき、助かろうとする私は、いつも余計者だった。

非戦闘員の余計者は、兵士たちの仲間に入れてもらえない。私は気弱く満員の一号艇をあきらめ、残されていた二号艇の離脱準備を待った。

マストが急速に右へ倒れはじめた。甲板も右舷を沈めて傾斜していく。いよいよ迫ってきた最期。その瞬間、私はなぜか同僚の釣報道班員をうながして、まだ兵員の数の少ない二号艇の舷をまたいだ。先に士官室をとび出して行った長坂君の姿は見えなかった。

艦体は、もうすっかり右に傾いて、白波が甲板を嚙むように襲い、引き、また押し寄せてくる。なにごとかお互いに叫び合っている、兵士の声が悲壮である。

艦は波のひとうねりごとに傾き、海底へひきずりこまれていく。一号艇が進水式のように、みごとな滑り出しで、うねりに乗った。

「うまくやったな」と、羨望が一閃、脳裡をよぎる。

今度は自分たちの番。うまくやってくれ、の祈りが心の底に湧く。

瞬一瞬、海面が尻の下に近づく。救命艇をひと呑みにする勢いだ。

五十度の角度で傾斜した甲板上にあって、二号艇は、ゴロリ転覆の危機にさらされていた。生も死もあと数秒の運命。落ちれば早くて三分、長くても十分間で、心臓の凍結する北の海だ。

小山のような波がついに、「快鳳」の後部甲板を砕き呑んだ。航海士のナイフが救命艇を吊り下げているダビッドの綱を切ったのは、その瞬間だった。

「快鳳」を呑みこんだ波浪のうねりは、余勢をかって、二号艇を波頭に打ちあげた。そして二号艇は、暗黒の氷海へ流れ出した。

文字どおり激浪にもまれる大海の木の葉。なにか巨大な、運命の掌に胸倉をつかまれたような、人間の力ではどうしようもないものを感じる。

甲板にひとつ、黒い人影が動く。

「おーい、みんな乗ったかぁ、元気で行けよ」

救命艇に向かって叫ぶその声の主は、艦長の福田大尉だった。甲板はすでに水面下、波は人影のヒザを洗っている。

福田大尉は「快鳳」とともに、運命を決しようとしているのだ。期せずして艇内から声があがった。

「艦長を殺すな」「助けろ」

私も艦長がこのまま艦と一緒に死ぬなら、それはムダ死。若い海軍大尉を死なせてはならない、となぜか怒りみたいなものを感じる。

「艦長、ボートへ」そんな叫びも必死。

十メートルほど離れた救命艇を、ふたたび「快鳳」にもどし、ムリヤリ艦長のからだを艇内に収容する。全員が片腕を海に突っこんだ手漕ぎで、懸命な作業だった。

だが、まっ暗な海面に遠くから、「おーい、おーい」波間に救助を求める声が、まだあちこちから聞こえてくる。

高く低く軍歌も聞こえてくる。ともすれば果てようとする気力と、戦っているのだ。泳ぎついてきた兵のひとりをひっぱりあげる。とたんに数発の往復ビンタ。助かった気のゆるみから眠ろうとする戦友に、容赦ない愛の鉄拳。

私は航空隊搭乗員用のヒロポンが、上着のポケットに入っているのを思い出し、五、六粒をその兵に飲ませた。

艦長は艇内に用意してあった浮輪代わりの救命樽をこわして、バラバラにしたその板きれで海面を漕がせた。

内火艇にはオールの用意がない。エンジンは、敵潜の探知を警戒して点火はできない。兵たちはノートブックほどの大きさの、その板きれを手に、「イチ、ニッ、イチ、ニッ」と水をかいて、一刻も早く「快鳳」の沈没現場から、脱出しようとした。

気がつくと、あたりは静かになって、波の音だけが威嚇《いかく》的に猛り狂っていた。

だれももう「助けにもどっていってやろう」といわない。そして寒気と恐怖に、ワナワナふるえているだけのオレ。兵たちを見殺しにして、一刻も早くこの海面から脱出をねがっているオレ。自分の助かることだけを考えているオレ。

生か死か。自分か友か。その最期の場に立ったときの人間の冷酷、非情は、これまでの戦場で、泣きたいほど経験した。

そしていま、オレ自信の非情、冷血。あの人たちは、間もなく死んでしまうのだろう。そう考えながら、どうにもしてやることのできない自分――。

「ズシン」遠くの海面でまた、爆音が響いた。「快鳳」の積んだ弾薬の誘爆か。

〔あとでわかったことですが、これは護衛していた陸軍の輸送船大成丸に魚雷が命中した音でした。大成丸沈没時の想像を絶する惨劇は、吉村昭氏の『海の棺』の題材となり、またNHKのドキュメンタリー・テレビ番組でも放映されました。

それによれば、日をおいて静内の海辺に漂着した日本兵の水死体の多くは、手首から先がついてなかった、と。推測では海に落ちた兵士たちが、助けを求めて必死に救命ボートにすがりつくその手を、ボート上の戦友たちによって切り離されたもの、となっていました。信じられない悲しい出来事に、私はおどろき心は痛みました〕

黎明が訪れた。敵潜の心配がなくなると、機関兵はエンジンの調整にいそがしくなった。冷えきったエンジンは、なかなか始動しようとはしない。その間にも艦長の音頭で、兵隊たちは懸命に板きれで水をかいている。

北太平洋の荒波との死闘は、もう、六時間の余もつづけられているのだ。遅々とした動きに、兵たちの腕は抜けそうに疲れている。

舷側から半身をのり出して漕いでいたひとりが、力尽きて海面に崩折れてしまった。逸早く隣りの兵がズボンをつかんで落下を防いだが、またもビンタの連発で、意識をさまさせる。胸の熱くなる戦友愛だ。

雨はいつの間にかあがって、東の水平線にうっすらと朝焼けの紅。船首方向に陸地らしきもの発見の声が起こる。

外国の航海漂流記に、雲を陸地と見まちがえて喜んだ話が出てくる。私は陸地がほんものと確認されるまでは、喜んだりすまいと心にきめる。

エンジン点火、快調のリズムを刻みはじめたのは、すっかり夜が明けてから。

「バンザイ」歓喜の声が艇内に揺れる。

陸地はやはりほんものだった。艦長の双眼鏡を借りて覗いてみると、水平線に平行して伸びる五センチほどの白い線。木綿糸に見えるそれは、海岸線を走る汽車の煙だった。

まさしく日本！　雲と疑ったのは、明け真澄《まずみ》の日高山脈。私ははじめて助かる希望を抱いた。

漂流する艇内の記録を撮っておこうと、雑嚢からライカをとり出し、レンズを向けた。しかし、先任参謀はそれを見つけると、厳しい表情で、「いかん」。利敵行為というのだ。しがたい石頭である。

十メートル、五メートル、一メートルと陸岸が近づき、午前八時ちょうど、私たちは小さな漁村、東静内の船着場に漂着、救助された。

村の人たちは走り回って、まっ赤に焚火を燃やし、温かい握り飯に、お茶を振舞ってくれた。

私は靴底に伝わる大地の確かさを踏みしめ、そこにみつけた金比羅宮の社前に参って、深く頭をさげた。

漂着したのは「快鳳」に五隻あった救命艇のうち、私と釣報道班員の乗った一隻だけだった。

人員の点呼をとると、生存者五十九名。東京を出発したときから一緒だった戦友、社会部の長坂一郎記者の姿はなかった。

《追記》

千島列島北端に位置する占守島は、私が離島してちょうど五ヵ月後の八月十四日、ロパトカ岬よりソ連軍長距離砲の攻撃をうけ、ポツダム宣言受諾、終戦の昭和二十年八月十五日から二日後の、十七日夜になると、ソ連海軍は艦艇からの砲撃を開始して島北部に上陸、日本軍守備隊に攻撃をかけて来た。

戦闘行動の停止を布告されていた日本軍は、自衛戦闘の解釈にとまどいながら、やむなくの応戦に、手ひどい損害を出したのは当然の結果であろう。

しかし、喜多分隊長麾下の艦攻隊四ペアーと陸軍の隼戦闘機四機は、自衛のためソ連軍上陸地点および占守海峡を渡って、カムチャッカ半島の敵後方基地を空襲し、ソ連軍の侵入を防いだ。

私をしばしば九七式艦攻の客としてくれた田上上飛曹は、爆弾と体当たり攻撃によって一機二艦を撃沈し、若い命を散華させた（陸軍守備隊兵の目撃で確認）。

太平洋戦争終了後にあってなお、交戦が行なわれた日ソ、陸海空軍の戦争を知る人は、少ない。

突き進まん荊の道

宮城前にひれ伏す民草

昭和20年8月15日の終戦の日、東京新聞に掲載された〝宮城にひれ伏す民草〟の写真。（著者撮影）

あとがき

石井幸之助

あの日あのとき、私の初めて体験した死の恐怖の日日——半世紀を経てなお、消えることのない戦慄の瞬間の想いを書き綴ってみました。

昭和十七年（一九四二年）春、南方戦域から帰国するとすぐ休暇もなしに私は、緒戦のマレー・シンガポール従軍記を、東京新聞夕刊に五回にわたって連載するよう社命をうけました。

戦時下の暖房もない私宅の一室。灯火管制のため黒布で覆った電灯の下の机に向かい、あすとも知れない再度の徴用令状、あるいはもっと運命的な赤紙の召集令状の、暗い死の影をふりはらいながらの執筆は、専門外の若い写真部記者にとって、ずいぶんとハードな仕事でした。

しかし、それは単に新聞記事を書きつづるという目的以外に、あの戦争が開戦当時、いかに戦われ、戦場にある兵士たちがいかに戦ったか、その人間模様を誰にということもなく、伝えるための現地報告と、強く意識したからでした。

ところで、シンガポールの英軍無条件降伏の場での山下奉文司令官の「イエスかノーか」のことばを借り、本書（単行本時）のタイトルとしたのは、日本の現在のこの平和な時代に、あえて戦争の記録を上梓することの是非「イエスかノーか」を、自分自身に問おうとするからでした。

心の用意もないままに、あの第二次大戦の激動の渦のまっただ中に巻きこまれた、戦友の井伏鱒二、海音寺潮五郎氏ら。そして、本著者石井幸之助に人間変革を呼び醒まさせた尊敬すべき栗原信画伯、作家の里村欣三、堺誠一郎氏ら。語り継ぐべき偉大な、その人たちすべては、すでに幽界に旅立っていかれ、数少ない非情冷酷な戦場の目撃者のひとりとなった今のわが身に、なにがしかの責を感じ、その実相を伝え残すのも、生き永らえた者の果たす義務ではないだろうか、とそんな想いにかられて筆をとりました。

第二部の「古い手帖」は、厳寒期さい果ての島の越冬生活を記したものですが、当時の文章をそのまま、あえて改変をせずにまとめました。

このたび光人社のご好意で出版がきまり、南北・陸海軍報道班員の手記の、第一・二部の原稿を完了したのは、昭和十六年（一九四一年）十二月の開戦以来、五十三年目の平成六年（一九九四年）一月でした。感慨ひとしおのものがあります。

（平成六年一月記）

文庫本　平成二十年一月「報道班員従軍記」改題　光人社刊

NF文庫

「イエスかノーか」を撮った男
二〇二四年十二月十九日　第一刷発行
著　者　石井幸之助
発行者　赤堀正卓
発行所　株式会社　潮書房光人新社
〒100-8077　東京都千代田区大手町一-七-二
電話／〇三-六二八一-九八九一(代)
印刷・製本　中央精版印刷株式会社
定価はカバーに表示してあります
乱丁・落丁のものはお取りかえ
致します。本文は中性紙を使用

ISBN978-4-7698-3385-7　C0195
http://www.kojinsha.co.jp

NF文庫

刊行のことば

第二次世界大戦の戦火が熄《や》んで五〇年――その間、小社は夥しい数の戦争の記録を渉猟し、発掘し、常に公正なる立場を貫いて書誌とし、大方の絶讃を博して今日に及ぶが、その源は、散華された世代への熱き思い入れであり、同時に、その記録を誌して平和の礎とし、後世に伝えんとするにある。

小社の出版物は、戦記、伝記、文学、エッセイ、写真集、その他、すでに一、〇〇〇点を越え、加えて戦後五〇年になんなんとするを契機として、「光人社NF（ノンフィクション）文庫」を創刊して、読者諸賢の熱烈要望におこたえする次第である。人生のバイブルとして、心弱きときの活性の糧《かて》として、散華の世代からの感動の肉声に、あなたもぜひ、耳を傾けて下さい。

＊潮書房光人新社が贈る勇気と感動を伝える人生のバイブル＊

ＮＦ文庫

写真 太平洋戦争 全10巻〈全巻完結〉
「丸」編集部編
日米の戦闘を綴る激動の写真昭和史——雑誌「丸」が四十数年にわたって収集した極秘フィルムで構築した太平洋戦争の全記録。

ミッドウェー暗号戦「ＡＦ」を解読せよ
谷光太郎
日米大海戦に勝利をもたらした情報機関の舞台裏
日本はなぜ情報戦に敗れたのか。敵の正確な動向を探り続け南雲空母部隊を壊滅させた、「日本通」軍人たちの知られざる戦い。

海軍夜戦隊史２〈実戦激闘秘話〉
渡辺洋二
重爆Ｂ-29をしとめる斜め銃
ソロモンで初戦果を記録した日本海軍夜間戦闘機。上層部の無力を嘆くいとまもない状況のなかで戦果を挙げた人々の姿を描く。

「イエスかノーか」を撮った男
石井幸之助
この一枚が帝国を熱狂させた
マレーの虎・山下奉文将軍など、昭和史を彩る数多の人物・事件をファインダーから凝視した第一級写真家の太平洋戦争従軍記。

究極の擬装部隊
広田厚司
米軍はゴムの戦車で戦った
美術家や音響専門家で編成された欺瞞部隊、ヒトラーの外国人部隊など裏側から見た第二次大戦における知られざる物語を紹介。

復刻版 日本軍教本シリーズ
「国民抗戦必携」「国民築城必携」「国土決戦教令」
藤田昌雄
佐山二郎 編
俳優小沢仁志氏推薦！ 国民を総動員した本土決戦とはいかなる戦いであったか。迫る敵に立ち向かう為の最終決戦マニュアル。

＊潮書房光人新社が贈る勇気と感動を伝える人生のバイブル＊

NF文庫

大空のサムライ　正・続
坂井三郎
出撃すること二百余回――みごと己れ自身に勝ち抜いた日本のエース・坂井が描き上げた零戦と空戦に青春を賭けた強者の記録。

紫電改の六機　若き撃墜王と列機の生涯
碇　義朗
本土防空の尖兵となって散った若者たちを描いたベストセラー。新鋭機を駆って戦い抜いた三四三空の六人の空の男たちの物語。

私は魔境に生きた　終戦も知らずニューギニアの山奥で原始生活十年
島田覚夫
熱帯雨林の下、飢餓と悪疫、そして掃討戦を克服して生き残った四人の逞しき男たちのサバイバル生活を克明に描いた体験手記。

証言・ミッドウェー海戦　私は炎の海で戦い生還した！
橋本敏男
田辺彌八ほか
空母四隻喪失という信じられない戦いの渦中で、それぞれの司令官、艦長は、また搭乗員や一水兵はいかに行動し対処したのか。

『雪風ハ沈マズ』　強運駆逐艦栄光の生涯
豊田　穣
直木賞作家が描く迫真の海戦記！　艦長と乗員が織りなす絶対の信頼と苦難に耐え抜いて勝ち続けた不沈艦の奇蹟の戦いを綴る。

沖縄　日米最後の戦闘
米国陸軍省編
外間正四郎訳
悲劇の戦場、90日間の戦いのすべて――米国陸軍省が内外の資料を網羅して築きあげた沖縄戦史の決定版。図版・写真多数収載。